胡燕青

一米八

以一米八四為夢想的少年成長的故事

一米四八——以一米八四為夢想的少年成長的故事
作者／胡燕青
責任編輯／黃幗坤　羅詠恩
美術設計／陳詩韻
出版發行／突破出版社
香港沙田亞公角山路33號突破青年村
電話：2632 0000　傳真：2632 0388
電郵：breakthrough@breakthrough.org.hk
網址：http://www.breakthrough.org.hk
http://www.btproduct.com
承印／陽光印刷製本廠
1997年12月初版1刷
2017年5月初版17刷
2018年11月2版1刷
2025年9月2版7刷

1.48 Meters
by Wu Yin-ching
First Printing, First Edition, December 1997
Seventeenth Printing, First Edition, May 2017
First Printing, Second Edition, November 2018
Seventh Printing, Second Edition, September 2025

Printed in Hong Kong China
ISBN 978-988-8392-92-6

謹此鳴謝伊利沙伯中學允許轉載校歌歌詞

誠邀閣下就突破出版社的書籍發表意見

歡迎加入突破出版社 Facebook page — http://www.facebook.com/btbooks.page

本書採用環保油墨印刷

每一個
年輕人都應當
乘着夢想的
翅膀出航。

成長文學

一米四八

目錄

1

我媽媽有個高智兒子

十二歲是最好的年紀，也是最壞的年紀，信不信由你。

我說這話的時候，媽媽剛好在教訓八歲的小弟，不知何故，氣得連話也說不出來，看來正準備動武——拍桌子。我怕她沒聽見我的高論，提高嗓子再講了一遍。她很不耐煩地回過頭來，皺着眉說：「那是狄更斯說的。」「滴羹絲」？這名字也真怪，像一種湯，一種半透明、中間浮着肉絲的厚底味精湯。

小弟格格笑起來，愈笑愈大聲，不能停止似的。我常常覺得他有點「低低地」，什麼都笑上半天。但媽媽每次聽見我這樣形容他，必定使勁瞪我一眼，義正詞嚴地向我宣告：「老三的成績表，可比你小時候的好看多啦！」這會兒看來她的出氣口忽然已經換了方向。我馬上應道：「是，我錯了，媽媽有個高智的兒子才對。」我說的當然不是小弟！可是媽媽聽了，竟然也收了貨，沒再向我發炮。可憐小弟以為我真的在吹捧他，開心得用右臂做了個表演肌肉的動作，不可一世。我看了沒法控制，差點給嗆死了。

「你神氣什麼呀！哥哥在『玩』你呀！」妹妹終於忍不住，加入了戰圈。我這妹妹，總是在最不該出現的地方出現，把我最美好的時光弄糟。關於這個十一歲半的可怕女孩，我要說的可多了，遲些兒告訴你。現在我要弄清楚這個盜用我名句的滴羹絲到底是誰。

「盜用你杜志衡的名句？」媽挑起了一條眉毛。她只能挑起左面的一條。

「但那確是我作的呀。」

「這實在是最壞的年代，一直是最壞的年代，要是你有一個十二歲的兒子！把你的 T-shirt 放到褲頭裏。」

「為什麼？」我知道這一問終也是多餘的，但我那次明明聽見外婆跟她說，孩子若不是犯了原則性的錯誤，不必待之以嚴刑峻法。但媽媽是不會聽外婆講的。這正是我不服氣的地方，外婆可是她的媽媽呢。

五秒鐘後，我把汗衫放進褲頭裏，剛趕得及爸爸鑰匙的轉動聲。

從褲頭和 T-shirt 的角度看，十二歲，確是最壞的年紀。

2

Nicam 中 one 雞

無論是好是壞，十二歲還是要來的。誰沒經歷過這極度痛苦的一年？Form one 仔，小東西，平均高度一米四八，在學校裏被高年級叫作「中 one 雞」。我最大的期望是半年內長高到一米八四，能夠穿四十四碼佐敦籃球鞋，隨時反手入樽，並且可以垂下頭來跟那些小我兩個月、但現在比我高一個頭的同班女孩子講話。我最怕的是那些中五中六的大姐姐，怕她們半尖叫着説我「好得意」，更怕她們摸着我的頭問我從哪一所小學畢業。不過最叫我「毛管戙」的，還是她們硬要我和甲班的作狀大王「林級花」配對參加社際土風舞比賽……

在教室裏，我覺得自己的尊嚴融解得更快。坐在前排，全無地利，要知道同學在幹什麼，必須頻頻轉頭察看，可是我的頭一動，張 Sir 就敲響我的桌子。後面的女生笑我，我卻看不見她們，情景非常恐怖。我每天大概立志四至八次好好聽課，卻都因為聽不懂老師説的英文而放棄。況且我精神一集中，眼皮就必然往下壓，把教室裏的一切壓成一條縫。Miss Lam 雖然號稱全校最漂亮的老師，但每次上 EPA 課，她的身影都會在我眼縫裏晃來晃去，漸漸變成一塊五顏六色的窗簾布……突然啪地一響，我跳起來，剛趕得及聽見她的命令：「Spell 'reclamation'，Mr Tao！」在各方友好的提示下，我拼成了一個差不多模樣的東西。（後來有人告訴我，我多拼了一個「i」。）接着 Miss Lam 講了一堆尾部高音的英文句子，聽起來是在問我問題，但我一句都沒聽懂……

到了普通話課，Mrs Chan 更是「肉緊」，她把頭伸得老前，咬牙切齒地要我們跟着她念 zi、ci、si，於是我們就「自自自，滋滋滋」地念起來，念得我牙齒發癢，舌尖「打冷震」。Mrs Chan 説牙癢舌震就念對了。到了 zhi、chi、shi，我們又學着大叫「豬豬豬，豬豬豬」的。我老是讀不對，只好努力把嘴唇弄得圓圓的，跟着大家做口形……

上了一個月課，我覺得自己已經漸漸變成一部不大靈光的 Nicam 電視機。

3

有聲雞腸

開學不久，一天吃晚飯時媽媽講了一個笑話，是她在大學裏教英語的同事告訴她的：老師上課時，一個膽怯的孩子站起來舉手問她是否可以上廁所。老師隨口回答："Go ahead." 學生聽了，很難過地坐下。老師問：「你不是要上洗手間嗎？」學生答道：「我不敢去，因為老師説『去你個頭』。」

爸爸和妹妹聽了，轟然大笑。我最不明白的是：妹妹比我低一班，為什麼她聽得懂這個夾着英文的笑話？小弟在四秒鐘的呆相盡露之後，也傻瓜似地學着高聲笑起來了。我更慘，我怎敢不笑？其實我從來沒想過什麼叫做 "Go ahead"，比那個學生好不了多少，至少我認為他的解釋合情合理。

真的，中一的前半年，我們最大的敵人叫做「有聲雞腸」。有聲雞腸是嫲嫲對英文的稱呼。我自己就差點被它們纏死。不過，後來我才知道，情況比我更慘烈的，大有人在。

阿源就是例子。

4

阿源不見了

阿源坐在我後面不遠，從不與人説話。我們平日根本不會感覺到他的存在 —— 直到那次他整整一個星期沒上學。

阿源失蹤了。

本來班主任張 Sir 什麼都沒説。他缺課的第四天，陳頌恩還特地走過來問我阿源的全名。她説跟他同班兩個月了，還沒弄清楚他是不是叫阿全。又説一次在小食部買咖喱魚丸，等了好久，終於輪到自己的時候，才發現沒帶錢包。阿源剛好排在她後面，看見她的狼狽相，一聲不響就遞給她四塊錢。星期一她想還錢，發現他沒上學，只好等第二天。可是到了星期四，他還沒出現。

午飯前，陳頌恩終於忍不住，到教員室找張 Sir。她回來説張 Sir 皺起眉頭，不肯詳細答她，只叫她放心。後來班長林仲宇打電話到他家，卻沒人接。事情一傳開，大家議論紛紛。有人説阿源進了中一，就沒快活過一天，還説他小息時常常一個人坐在後樓梯的彎角發呆。班上坐他旁邊的梁俊明説他根本聽不懂英語，默書測驗常常零分。我聽了嚇一跳。我們的學校不是號稱 band one 中學嗎？怎會有這樣的學生呢？我們說聽不懂的，不過部分，回家用心看看書，查查字典，尚可以應付測考，總不至於連一點英語都不會吧？

想到這裏，我心中有一點點難過。其實我可以在小息中午什麼的，和他一起拼生詞或一起打籃球。我坐在他前面，也算是朋友嘛。

5

校工的孩子

星期一早上乘小巴回校，一面聽廣播。又一個初中學生自殺了。我最痛恨自殺的人，這些人最自私。他的朋友一定難過死了。可是，會不會有人真的完全沒有朋友？

心頭突然一震，我的毛孔全都豎了起來。

一進教室，就聽見他們在說阿源。整整一個星期過去了，看來他還沒回來。

「你不知道嗎？」長着兩隻大齙牙犬齒的容達志說：「他能進來讀書，因為他是廖伯的兒子。」廖伯是我們的校工。我們早就聽說，中一的某些學位，是留給教職員的孩子的。

「不會吧？廖伯已經五十幾歲了，阿源才跟我們一樣，十三不夠。」

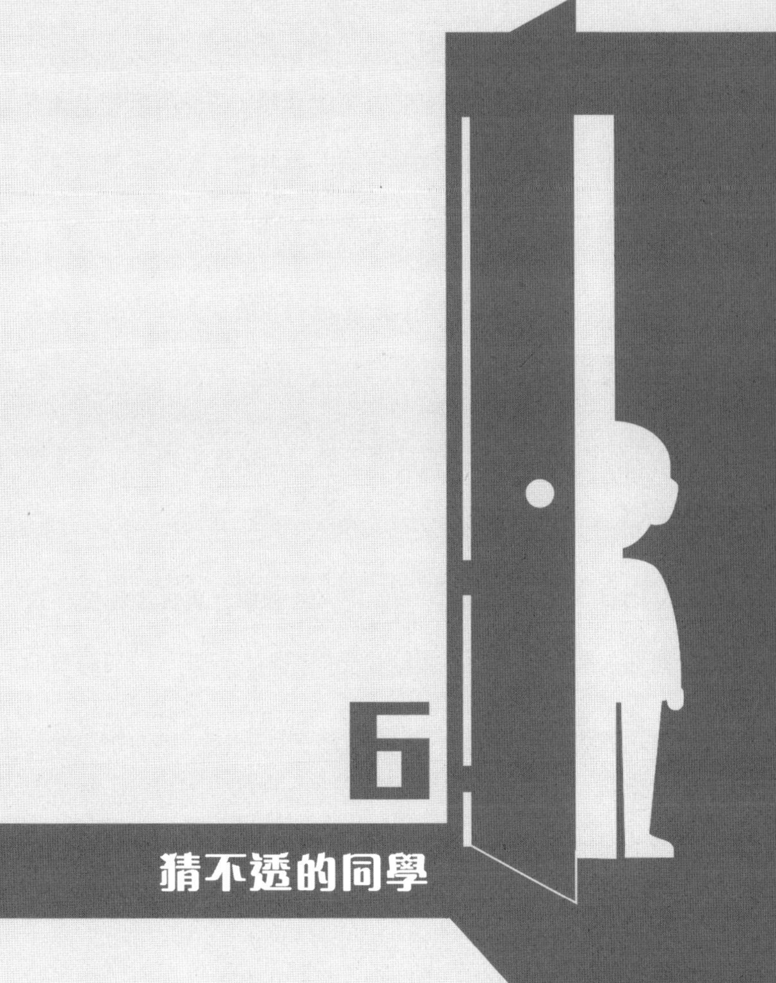

6

猜不透的同學

我用勁記憶阿源的樣子，可是一直無法從這一個半月的同班生活中找到任何與他打交道的片段，只記得他腦後總豎着幾條不大帖服的頭髮，眼下有一點灰暗，常常好像正在生病。再想下去，他的臉漸漸演變出廖伯皮黃骨瘦的樣子來。

「我說，」陳頌恩皺着眉道：「他可能回大陸找他媽媽去了。」

「不會吧！如果真的這樣，廖伯一定會管的。」容達志說。

「對，廖伯上星期五沒上班。攝影學會黑房的鑰匙一直歸他管，星期五卻是明叔給我們開門的。可能……阿源真的跟外婆之類的長輩逃到大陸去了，他媽媽把他藏了起來。」梁俊明說。我看着他，更加擔心了。梁俊明很聰明，觀察力很強。據他自己說，第六感也很準確。只是他那副愛理不理，仰着頭垂着眼皮說話的神氣模樣，叫人有點受不了。幸而他的眼睛長得大大圓圓的，否則半閉起來還看得見東西嗎？

「不會，老婆有事是一定不會瞞着老公的。」鄭愛敏說。她這麼一說，大家都笑起來，不是內容好笑，是她那副認真的表情好笑。敏敏書還讀得不錯，但説起話來，語氣像幼兒園的小孩子。這次，連一直正襟危坐在看書的林仲宇都給惹得笑起來了。

「你怎麼知道？你是人家的老婆嗎？」阿達道。敏敏讓他調侃了，非常生氣，近視鏡後的眼睛好像要跳出來似的。我們大笑。阿達無故開心了半天，我們老是看見他的大齙牙在眼前晃動。

忽然，阿源垂着頭走進教室，悄悄回到自己的位子坐下。

教室馬上靜了下來，但沒有人敢走上前去跟他講話，只有坐在他後面的林仲宇忽然停止看書，抬起頭來靜靜看着他。

7

請你吃的

早上的陽光從北窗瀉進來，照着阿源那帶點灰黃的白襯衣。他卸下書包，拿出一本書，放到桌子上。我們也學着他拿出書來，其實卻在偷偷看他。他坐在那裏發呆，也不把書打開，只那麼靜靜看着封面的圖畫。陳頌恩用極小的聲音在我耳邊問：「杜志衡，他真的叫廖國源嗎？不會錯了吧？」我點點頭。她忽然站起來，好像鬧劇裏的傻瓜一樣，急步走到阿源面前，很快地説：「廖國源，我欠你四塊錢！」説完放下幾個銀元，馬上跑回敏敏和莊小麗那裏，躲在她們後面。

我看見阿源默默撿起那四個硬幣，捏在手裏很久，一直垂着頭。

小息過後，陳頌恩跟敏敏、小麗一同走回來。她一坐下，就「啊」地叫了一聲。我扭頭看她，只見她呆在那裏，什麼動作都沒有，只愣愣地看着手裏的東西。

放學不久，我在地鐵站遇上了她。她好像有話説，卻一直沒説。我們一同乘車到了深水埗站，她才終於忍不住了，從記事本的膠套裏拿出一個小紙包，交了給我。我打開一看，紙裏面寫着：「魚蛋是請你吃的。請你教我讀英文。」這張紙包着的，正是今天早上陳頌恩還給他的四個一元硬幣。

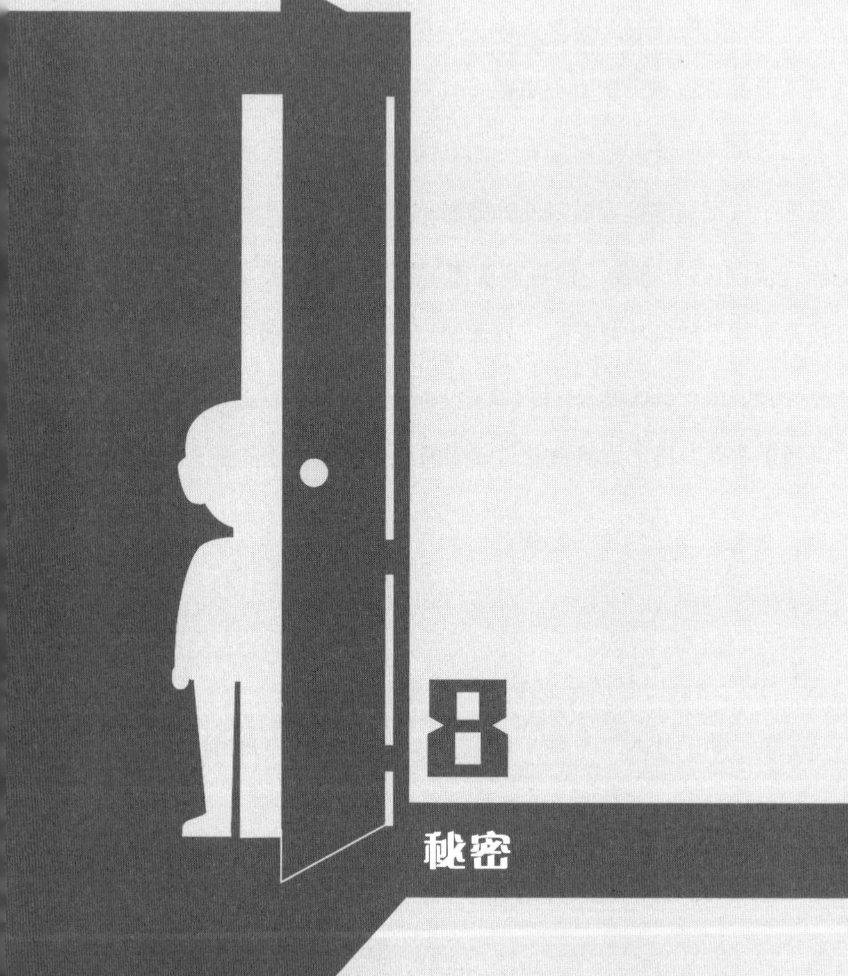

8
秘密

我看着陳頌恩，很想知道她打算怎樣做。陳頌恩的樣子很好玩，有一頭天然鬈曲的短髮，臉有點胖，單眼皮，皮膚很白、很清潔，像一種日本牛油，嘴角有兩個十分清楚的小酒渦，矮矮胖胖的她跟腿長膚黑的莊小麗走在一起，真是有趣。（嚴格說，我也算是有酒渦的，不過我得很用力地笑，笑得一臉都是皺紋的時候才看得見。當然，這對一個本來已相當英俊的男孩子來說，並不十分重要。）如果要用一句話形容她，那就是「好看的好人」。

記得那次容達志無緣無故地說：「陳頌恩的爸爸一定是神父。」我們聽了哈哈大笑 —— 神父怎會生孩子？

「但有一種是會生的！」他托托快要跌下來的眼鏡，很堅定地說。

「唉，你一定把牧師和神父搞混了！」梁俊明笑得捂住肚子。

「你笑什麼！其實神父生孩了才合理，不是叫『父』嗎？」

我們為之氣結。阿達就是這樣。

我很奇怪，問他為什麼會這樣説。他説他不知道，只是一味覺得她爸爸一定是頭髮稀疏，手拿《聖經》，摸小朋友的頭，送米給村口阿婆的那種人。

如今擠在地鐵的人羣中，我雖然還是有點不明白，但也深深感到陳頌恩必定真的有這樣的爸爸。她看來很憂愁。

「我一直在想自己可以為阿源做什麼。不過，杜志衡，這事你一定得守秘密。我不要任何人知道。」她用很小的聲音説，接着，她在長沙灣站下了車，連這個所謂秘密的內容也來不及告訴我。

後來我也沒問她。這可能因為我對阿源有點內疚，她也有點內疚。

阿源的事好像已經告一段落，我們也沒再問起。廖伯回來了，依然掌管着攝影學會黑房的鑰匙，但臉色比黑房還要黑，除了林仲宇，沒有人敢跟他講話。

9

洗頭事件

快冬天了，再兩個月就是年中大考了。阿源的樣子漸漸變得好看，臉龐圓了，笑容也多了，但是仍像以前一樣，不肯跟我們多談。他成績好了一點點，默書有時會及格，最差勁時也拿得到三四十分。我知道陳頌恩的辦法開始奏效。只是我們的注意力已經轉移到另一些事上去了。

體育課時，凌 Sir 開始要我們繞着大草地跑七圈半，計時評分。

老師之中，我最喜歡凌 Sir。別的老師都結領帶，穿襯衣，凌 Sir 卻永遠是穿着白色運動衣褲的，配上他一身結實有力的肌肉，一副很有活力的樣子。一次不知道為什麼，他穿了一套深藍色的西服回來，敏敏她們「暈其大浪」，高興得整天笑眯眯的，什麼都聽不進去。我們男孩子喜歡凌 Sir，原因不同。最主要的是我們喜歡運動，喜歡運動員。

這一次，我知道自己大顯身手的時刻到了——從小三開始，我就以長氣著名。長跑隊的選拔，人人知道容達志和我都志在必得。運動是我唯一比妹妹高明的地方——至少表面看來如此。

媽媽最希望我參加游泳隊。我也不是不喜歡游泳，只是不喜歡洗身洗頭。我很老實地把這個理由告訴她，以為她會欣賞我的誠實，並會把握機會表達一下她的所謂民主作風（例如讓我自行挑選校隊），豈料她聽後差點嚇得暈了過去。

「天哪！原來你跑步打球後是不洗澡的！」

我心頭一震，怕她會因為要我洗澡逼我參加游泳組。就說：「放心放心，我一定會洗的，你放心。」不過我可沒說什麼時候洗。到了晚上我可不會不洗。終於，我得到批准。她還說：「跑步也不錯，你媽媽讀大學時也是田徑校隊嘛……」我伸伸舌頭，帶了一本漫畫躡手躡足地躲進了廁所。半小時後，我重出江湖（大廳），發現她還沒講完。

「到了 second year，我終於破了大學八百公尺的紀錄……」

我的天，才講到二年級嗎？我又偷偷回到廁所去。我要在她開始嘮叨我「貪靚」之前，爭取時間把頭髮吹好。幸好外面有妹妹很努力地在聽。

10

追上了，追上了！

連續三次體育課，凌 Sir 都要我們繞着大草地跑七圈半。容達志前兩次都領先，凌 Sir 已經托着下巴、眯着眼睛盯住他。看來他一定能夠順利入隊了。今天形勢有變：我有了前兩次的經驗，開始的時候較有信心邁大步。跑着跑着，就知道自己可能會超越他。看，他的喘氣聲又粗又大，腳步又重，才不過第五圈！

一想到這裏，我就覺得興奮，體內出現了一股暖流，叫我本已疲勞極點的手腳，突然對痛苦變得麻木，機器一樣順利操作。我把腳步跨得更大，將注意力集中到呼吸的節奏上，忽然很清楚地感到媽媽的話也可能有幾分真理。她常說我渾身充滿她的運動因子，何況爸爸以前是大學工程學院裏的最佳運動員：田徑游泳足球的全才！這時候，容達志的身影在我眼前漸漸擴大，愈來愈接近……我要超越他了！凌 Sir 的叫聲忽然在我耳邊響起：加油，杜志衡，加油！追上了，追上了！

還剩下不夠二百公尺，我領前了！

以我一米五零（當然，我的理想是一米八四！）的高度，我跑贏了一米六五的容達志！不得了，我好開心！可是我還是不放心，喘着氣問他：「你……是不是……有點失準？」他叉着腰，張大口，露出佔位極多的大齙牙，連舌頭都快吐出來了，還是透不過氣來，臉上的汗水一直往下流，陽光裏皺起眉頭，很吃力地說：「才沒有！我今天比上一次快了四秒多。」

你可以想像我是多麼的吃驚。

凌 Sir 已經向着我們走過來。

「你，還有你，還有……請穿着東社運動衣的那位同學也過來一下。你叫什麼名字？」

我們順着他的眼光一看，啊，真想不到，是廖國源，原來剛才一直跟在我後面的跑步聲就是阿源的。

我們三個一同獲選進入全校聞名的長跑隊！

回頭一看，梁俊明站得老遠，抿着嘴微笑。我忽然想起，以他的運動神經和耐力，不會進不了隊的。對了，他是故意慢慢跑的！

11 老師的女朋友

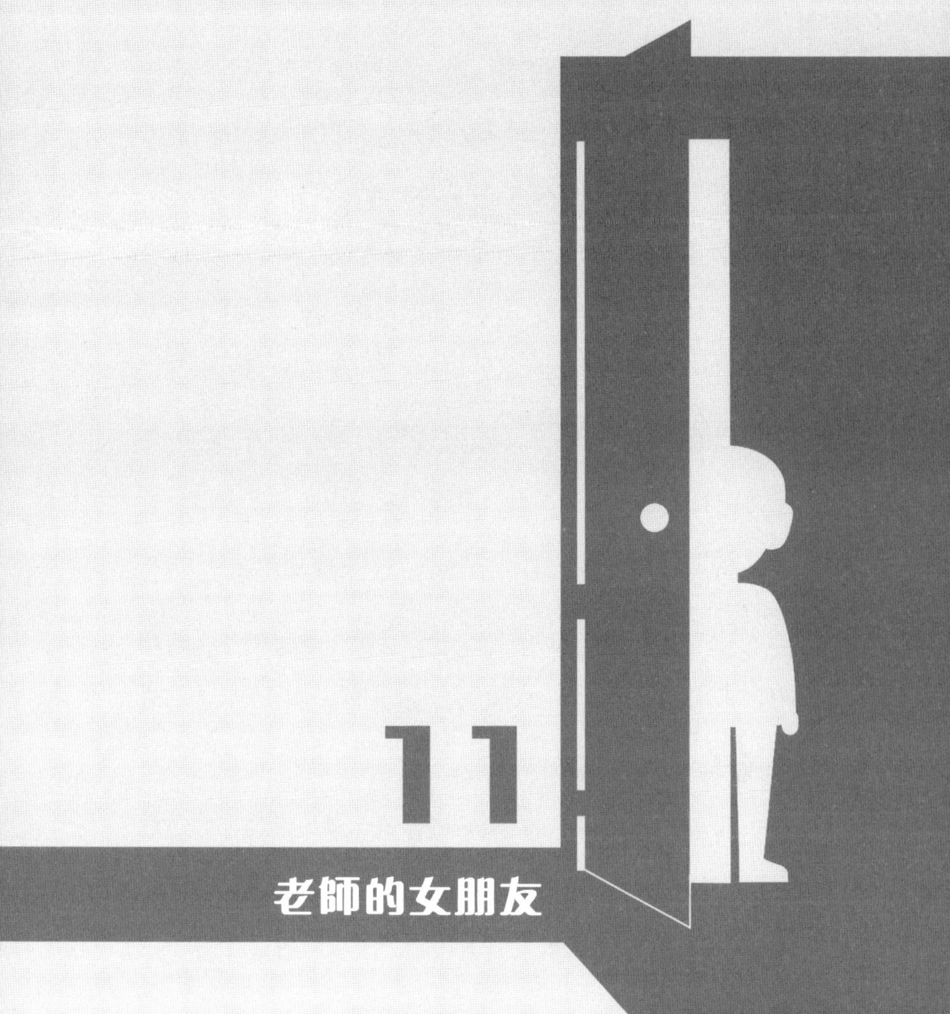

因為被挑選進入長跑隊，我和阿達興奮得像兩個小皮球，在校園裏滾來滾去，跳來跳去。我們相約到學校對面的高級餐廳吃午飯。這個餐廳的東西很貴（而且不好吃），一個學生餐要幾十塊錢，而且很大機會會碰上老師，所以我們平日都不肯來吃。今天阿達不知道幹嗎，堅持要到這裏慶祝。阿源聽了，說：「我不去了。才進隊，有什麼好慶祝的？又不是跑第一。」阿達很沒趣，只好拉了我來。幸好今天是星期五，我還有一點零用錢，要不然吃完這一頓，第二天豈不是要餓肚子？

才坐下，還沒想好吃什麼，玻璃大門又給推開了，我剛呷了一口水，差點嚇得噴了出來。走進來的是凌 Sir 和 EPA 的 Miss Lam。剛才明明穿着運動套裝的凌 Sir，現在竟然換上了一件淺灰色的襯衣，結着黃藍色的領帶，頭髮都往後梳得帖服（真不明白，學校禁止我們用髮膠，老師卻可以一天到晚地大量塗用）。形象忽然由親切的大哥哥變成了古古怪怪的民國阿叔。

我本想先叫他（讓他先叫我們不大好吧？），阿達按住我，不讓我動。Miss Lam 的位置是可以看到我們的，但她好像不大認得我倆，看到了我們也沒打招呼。

叫了兩個學生午餐，我們就靜了下來。平日一同吃飯，我們一定高談闊論，什麼都亂説一通，哪會像今天這樣安靜！可是與老師同處一室的 Form one 仔，還可以做什麼？

阿達小聲説：「凌 Sir 真帥，是不是？」

「什麼？帥？恕我直言，我覺得他今天非常老套。我是 Miss Lam 的話，一定要笑死了。」

「噓——」

我不做聲，但過去大叫一聲、捉弄他的欲望實在很強烈。我可是一直在忍笑的啊。忽然，我看到凌 Sir 從衣袋裏掏出兩張票子。Miss Lam 看了，輕輕一笑，沒再説話——yeah，看來他成功了！

我們又有話題了！

「凌 Sir，Miss Lam ！吃飯哪？」

12

晚飯

已經初冬了，一家人吃晚飯時的話題多了兩個。第一：我是不是應該完全放棄游泳，專心練長跑。第二：妹妹是不是也要進我們的中學。媽媽總是不大相信我在跑步方面的實力可以超越隨師練習多年的游泳。我對她說：

「你看，我的肌肉發展全是陸上運動的型號。」說着舉起右臂，展示實力。

妹妹和弟弟馬上噴飯作嘔。豈有此理。

「可惜你鼻敏感，專家說游泳最好。」媽媽說。

她真糊塗，要是我不愛游泳，連水都不肯碰，那游泳再好，對我有什麼益處？但為了讓她答應我的入隊要求，只好敷衍着說：

「好，好，我不放棄游泳，只要你答應我，讓我進長跑隊。」

爸爸忽然瞪了我一眼，厲聲道：

「『講數』嗎？好，我就跟你算：要進隊，下星期的 EPA 測驗給我拿個九十分。」

「一言為定！」我幾乎喊出來。

「要是我在你學校讀書，我一定參加游泳隊。」妹妹忽然插嘴。我聞言氣得半死。這不是「刷鞋」是什麼？我從牙縫透出一句：「你考得進才怪！」

她不做聲。我知道，她和爸爸媽媽一直為挑選中學的事煩惱。我呢，我為 EPA 要取得九十個百分點煩惱。

13

落後

提起妹妹我就生氣。她比我小一歲，卻比我高半個頭！她皮膚白，眼睛大，戴翹邊透明塑料眼鏡，一副名校女生（牙齒上了銀箍，年年搖頭擺腦參加校際音樂節的那種）的模樣。升降機街頭理髮店碰上的鄰居、管理員之類的叔叔阿姨，必一口咬定我們是兩姊弟。媽媽已經更正多次，但他們「死性不改」，沒辦法，因此我儘量避免和妹妹同行。可媽媽總是説，一家人上街，一定要走在一塊。你説，這是什麼道理？

爸爸多次提醒我，女孩子的發育期比男孩早兩年，叫我忍耐。可是，當那些討厭的親戚例如姑丈、姨婆等人走在一起，一定會把握機會取笑我。他們總是説妹妹比我高大，比我「正經」，比我成績好……總之要盡情地侮辱我一番才痛快。如果我們家舉辦「最討厭的親戚」選舉，他倆一定爭持激烈，最後雙雙奪冠。但我每次都受制於媽媽的眼色，忍氣吞聲。説完了，他們可能是問心有愧，又總會加上幾句：「不過——將來就要高了；至於讀書嘛，到了高中，女孩就要落後，那時你就可以神氣了。」我聽得厭煩，回頭看看妹妹，這回輪到她火了。一定是聽不進「落後」兩字。他們一轉身，妹妹就會撇着嘴巴説：「哼，重男輕女！」

說實的，妹妹這人其實也不怎麼樣，有時候也會與我同一陣線。只有一點我不能接受：她非常清楚自己該什麼時候乖，什麼時候說得體的話。這最討厭。

14

IQ 的疑惑

大概兩年前，媽媽收到理工大學的通知，叫她帶妹妹到他們那邊做一個測試，因為妹妹的學校懷疑她是個高智兒童，推薦她到大學裏接受智力評估。

我聽了很是驚奇。妹妹除了語文較好之外，深入的思考、社會的常識都很缺乏，數學更是一塌糊塗，不可能是高智的。我常常看見爸爸教她教得滿頭大汗，她還是半懂不懂的，爸爸的聲音一變高，她的眼眶裏馬上就會泡滿委屈的淚水。這樣的數學頭腦（和媽媽一直強調的所謂學習態度），怎會和聰明扯得上關係？我才不相信。

記得一次夜裏起來上廁所，經過爸爸媽媽的房間，燈還亮着，他們倆在談話。我明明聽見媽媽説她很擔心妹妹的數學追不上。爸爸的答話最有意思，他説：「那倒不會。你不要求她經常拿八、九十分就不會失望了。她的智力大概比不上哥哥。你得接受孩子天生平庸的事實，不要期望過高，不然他們承受的壓力會很大。」

爸爸説得再對也沒有了——「她的智力比不上哥哥」，哈哈。

15

還是 IQ 的疑惑

真是難以置信，妹妹竟然真的是個高智兒童！為她做測試的教育心理學家對媽媽説，她的智商在一百四十以上。我一聽，差點沒給嗆着，好一會才恢復過來。接着的幾天，媽媽很不安定，在家裏走來走去，打了很多電話。爸爸對她説：「你忙什麼？就讓孩子過正常的生活好了。」

「但是……」媽媽好像很內疚的樣子：「我們會不會浪費了她的才華？為什麼到現在才發現？……」她好像焦急得快要哭了。

「可是你也想想，要是學校沒參加測試計劃，我們不也是好好的嗎？説不定兩個兒子也一樣。不知道更好。」

説不定兩個兒子也一樣！説不定我也是個天才！（當然，弟弟的機會就不大了。）

我忽然忍不住哈哈大笑起來。

16

災難的起頭

爸爸決定了，要讓妹妹考我就讀的中學！

真是本世紀最大的災難！

妹妹本來在一所很有名氣的女校念書。那家小學教得很好，妹妹一直沒有什麼壓力，但中英語都學得不錯。她成績不算極好，只屬中上。可她是風紀，又是游泳隊，那麼即使這次呈分試她的數學成績只有 C+（79 分，哈！），要直升中學的話，也應該沒什麼問題。況且她自己已經説明希望能夠留在原校。

但是，這幾個星期以來，她有了一點點的改變。

那是因為媽媽的朋友李 Auntie 在她們學校念中二的女兒。

她對妹妹説，她們學校的中學生活不怎麼理想，許多球隊有名無實，學校雖然很大，但讓學生活動的空間卻不多，部分同學們對她的態度也很差。總之，一提到那幾個同學，她的名字叫埋怨。

我自己也有點責任。吃晚飯的時候，我總是忍不住要提起學校裏的趣事。妹妹聽得多了，今天竟然對媽媽説，她也不介意換一個上學的環境！

媽媽當然很高興，她早就希望妹妹讀男女校，更何況我們學校就是她的母校！爸爸當然也希望我能和妹妹一塊兒上學，那我們到暑假就可以搬家，一家人上課下班就更方便了。

但從來沒有人問我的意見！

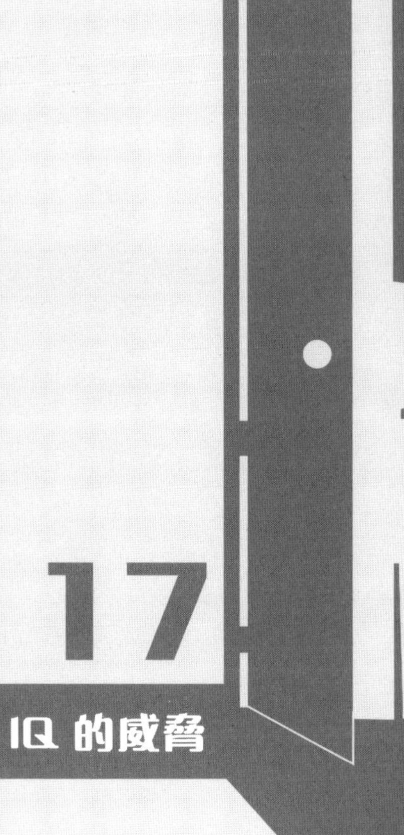

17

IQ 的威脅

妹妹跟我一樣，幼兒園讀得很差勁。那時我頑皮得一天到晚給老師投訴，妹妹更糟糕，無論寫字、清潔、反應、專心等各種項目都名排榜末。媽媽説我升小一前她帶我去考一所私立小學，我連 boy 和 apple 兩個英文字都不會拼，把她氣個半死。但她仍堅持小孩子在六歲以前不必急於學外語，更不應該過早面對測驗考試，所以到弟弟念書的時候，她還是把他送到整天玩樂、活動教學的幼稚園去。媽媽經常糊糊塗塗的，人説什麼她都相信，但在挑選學校一事上居然也有這一點獨排眾議的膽量，我覺得還不錯。

我和妹妹都是到了五、六年級，課業成績才漸漸爬到前面來的。但是，很明顯，妹妹爬得比我快。以六年級的表現來説，她絕對比我優勝。

而這正是我的困境。

試想想，你可以讓一個比你高六釐米、重十公斤、上課比你安靜、游泳比你快、英語比你流暢、作文時更是不怕肉麻的「妹妹」走進你的校園，讓老師們一天到晚拿她和你比較嗎？

不可能啊！

18

問題隊長與掃 court 老友

這幾天，我大概是世界上最失意的人了，不光知道妹妹可能將要與我一同上學，長跑隊的斯巴達式訓練也開始了。我最喜歡跑步，可是練了幾次，都沒跑，一天到晚在「扎馬」，做腰腹運動，還有我們最害怕的大量掌上壓，一做就是兩小時。那天我忍不住抱怨了兩句，馬上給喝止了，還要拿起大掃帚，在小息時當着一千同學「掃 court」！我們的操場很大，三個標準籃球場並排成列，掃 court，就是在隊長的監視之下，把中間的球場掃得清清潔潔。

我們的隊長彭鋒聽説很有威嚴，不光是八百、千五、五千公尺的乙組冠軍，也是民選領袖生，成績更是非常地好，專門拿數學和理科總獎。他不像廣東人，頭髮鬈曲，鼻子很直，常常微笑，話卻不多；身材高大（至少對我這長得矮小的 Form one 仔來説是很高大了），練就一身肌肉，並且是老師的愛將，與凌 Sir 有緊密聯繫。他才中四，已經有了無上權威。

關於彭鋒的傳聞很多，我們很難知道誰説的是真話。大概只有凌 Sir 親自告訴我們的，才足以相信。有一次，他鄭重吩咐我們要聽隊長的話，然後説：

「你們這些小朋友，可不要在隊長面前耍花樣。他經歷過你們會碰上的一切，他以前也是個問題兒童，你一動，他就懂得你的心思。要不要聽聽他初中時的故事？」

我們當然說要！於是凌 Sir 就坐在球場上，說了半個小時。

長跑隊的訓練很嚴格，也很有規模。我們做完了練習，還得把那些動作用一本筆記簿一個一個地記下來。彭鋒例必仔細批改，加上評語，鼓勵我們用心跑（其實還沒跑過）。有時我覺得自己簡直就是生活在日本漫畫的球隊中。

這次被罰掃 court，真是沒趣。但一想到彭鋒正在場邊交臂而坐，哪能不掃？可是我才拿起大掃帚，容達志和阿源就來了，也帶着掃帚呢。

「咦，你們……」

「來陪你啊。」阿源已經開始掃了。

「罰啦？」我實在有點歡喜。「罰什麼了？」

「容達志是為了替你申冤。彭鋒笑着讚他有義氣，讚完了叫他來陪你。我是自動來湊熱鬧的。」阿源說。

哈，我實在有點感動呢。我扭頭看遠遠坐在場邊、石頭一樣一動也不動，卻一直在微笑的彭鋒，忽然很想儘快長大。我要做隊長。

19

討厭的妹妹與維他奶老友

練跑完畢，掃過球場，太陽快下山了。我們坐在場邊，累得像三堆爛泥。梁俊明不用練跑，也還沒走，他一直在等我們。阿源的隊衣從頭到尾都是濕的，容達志的最臭，我的最髒。幸好剩下的陽光也實在敵不過初冬的北風，我們沒多久就很涼快了。彭鋒這才慢條斯理地走過來，忽然半蹲在我面前，摸摸我的頭，說：「人緣還不錯呢。切記：比賽前不可以喝汽水！你們也一樣！」然後他站起來，頭也不回地走了。

我突然想到什麼，大叫起來：「啊哈，本來要請大家喝汽水的 —— 兩位助我掃 court，無以為報嘛，但是 —— 」

「這還了得？」容達志高叫。

「別忙，別忙，維他奶沒氣，不算汽水！」梁俊明說：「杜志衡，今天你請。」

我請沒問題。可是我心頭委實有點不暢快。「我妹妹 —— 可能真的要進來了。」

「你真的那麼怕她嗎？」容達志問。

「你妹妹才小三吧？」我說：「那你永遠不會明白她比你高半個頭的滋味了。」

「這也真難搞呢。」阿源說。

忽然，梁俊明說：

「你急什麼，現在不過是上學期，你這幾個月還會長高的嘛。」

說的是！我入學的時候是一米四八，現在已經一米五二了，說不定到了下一個暑假，我會長得比妹妹高。只要比她高，其他的都不重要了。我在長跑隊漸有聲望，她卻是跑起步來左腳絆着右腳的人，在學校裏，她絕對不會比我有名 —— 只要她不比我高。

梁俊明又說：「加油，不要輸給女孩子，更不能輸給妹妹。世界上沒有人比『妹妹』這東西更討厭了。你的體高超過她的那天，我們都請你喝維他奶。—— 並且發誓，一定不會追求她，如何？……」

他還沒說完，凌 Sir 就和 Miss Lam 雙雙從教員室走出來，向着大門樓梯走。阿達非常「八卦」地伸長了脖子，扭着頭看他們，神神秘秘地說：「你們不知道嗎？ Miss Lam 正是林副校長的妹妹。凌 Sir 對『妹妹』的看法，跟你可不一樣，哈哈。喂，我們跟去看看，好不好？」

「不去。」阿源站起來就走。

「我去。」梁俊明也站起來，一手拉着我跟着容達志走……

20

地理測驗

真要命，升上了中學還得不時受女孩子的氣。就連陳頌恩也一樣叫人氣憤。她爸爸不是牧師嗎？她們竟然這樣做！

教地理的陳 Sir 前天通知我們，今天的午餐時間要測驗。敏敏委屈地説：「為什麼要在午餐時間測驗？下星期不行嗎？」

陳 Sir 不知道哪來的耐性，竟然很溫柔地回答了她的問題：

「午餐時間測驗，可以不必浪費課時。」

「只有四十分鐘吃飯，趕不及、餓肚子呀。」敏敏這話雖然説出了全班同學的心聲，但也實在説得太笨了。果然，陳 Sir 的聲音出現了一點點抑制不住的煩躁高調：

「我跟你們不是一樣少了吃飯時間？不過偶然一次罷了。我已經決定了。」説完就下課了，剩下一大羣噘着嘴巴的女孩子。

原來今天是敏敏的生日，她們早就約好去吃意大利薄餅，哪裏想到要半途回來測驗？

午餐前的最後一個小息完結的時候，班長莊小麗站到講台前高聲宣佈：

「各位女同學，Mrs Lo 已經答應今天的午餐時間替我們補習家政 —— 我們做薄餅，我們不用測驗啦！」說完，還頑皮地向着敏敏眨眼睛。

什麼？她們不用測驗？

「你們這是故意的！」班長林仲宇一向比較斯文，這一次也忍不住叫嚷起來。

「我已經讀了書，一延期就會忘記。」連廖國源也小聲抱怨了。

我的心情相當矛盾。延期測驗當然是好事，但女孩子們這樣做，也未免太過分了。我暗暗感到，她們這樣利用 Mrs Lo，一定會有報應的。

21

改期

到了午飯時間，教室裏只剩下半班，全是男孩子，大家愈講愈氣憤，要不是陳 Sir 隨時出現，可能有些人已經忍不住說粗話。剛才女孩子們一下課，就「逃」到家政室去，名為「補課」，實則慶祝敏敏的生日。容達志本來也預備了一份禮物，如今卻不敢送上，因為怕惹起男生的公憤，但又怕平白錯失向敏敏表白心跡的機會，煩惱得很。

這時，陳 Sir 來了，手上果然拿着測驗卷！

我們很興奮，高聲叫：「我們要測驗！測驗！」

陳 Sir 被我們這一反常態的舉動嚇了一跳。他定神一看：「咦，女孩子呢？」我們滿肚子是氣，於是加鹽加醋，希望陳 Sir 也火上心頭，下令全部女同學得零分。

聽了我們的投訴，陳 Sir 果然很不高興，怒道：「這還了得！」

「對！你快去 Mrs Lo 那裏把她們找回來，但最好不讓她們測驗！扣分！哈哈！」梁俊明還煽風點火。該怎辦呢？豈料陳 Sir 聽見 Mrs Lo 的名字，竟然一聲不響。只見他兩腮鼓得像金魚，皺眉想了一陣子，終於決定忍了這口氣，壓着怒火說：「好吧，大家吃飯去吧。通知女孩子，明天午飯時間留下測驗！」說完就走了。

我們可給氣死了。難道就這樣讓她們奸計得逞？

「我有辦法了！」梁俊明忽然高叫起來。

22

報應

午飯時間差不多過去時，女孩子們陸陸續續回來了，人人談笑風生，真是豈有此理。可是，好戲在後頭呢。

忽然，黃嘉欣大叫起來：「看，看黑板！」只見黑板上滿是圖形、地圖和長題目。

她這麼一叫，全部人一同驚呼，女班長莊小麗說：「你們真的測驗了！你們好壞啊，竟然不到家政室來告訴我們！」

梁俊明故意不理她們，高聲對阿源說：「真要命，第三條我也不大懂，你會不會？阿 Sir 說要算分的，這次我可慘啦。」

阿源忍不住笑起來。最近他開始常常笑。陳頌恩垂下了頭，好像很後悔的樣子，敏敏更忍不住想哭了。只有莊小麗很鎮定地喊道：「大家不要難過，先分工把題目都抄下來！Lilian，你的畫畫得好，你抄地圖；張念凝，你抄第一題，嘉欣，你抄第二題，Jennifer……我抄最後一題。抄完了，我馬上就找陳 Sir 去。」

敏敏很難過，低着頭說：「是我不好。明天才慶祝生日就沒事了。」

我們開始笑不出來了，想不到她們這麼認真！容達志輕輕走到敏敏後面去，彎着身子對她說：「喂，不要難過啦，都是騙你們的。陳 Sir 說明天才測驗呢。」敏敏抬起頭來，還沒說話，莊小麗就高聲道：「同學們不要再上當了！繼續抄！敏敏，你不要聽他的，他想害我們連這些重要的題目也錯過！測驗出過的題目，考試一定亮相的。」

容達志聽了很氣。他最無法忍受小麗說他在害敏敏。但是全班女同學都認為小麗講得對，對我們怒目相向。這回可糟了，她們真的不相信明天測驗的話，事情一定會愈弄愈大啊。

23

林仲宇對莊小麗

我們開始有點緊張了，怕女孩子們真的不相信明天才測驗，更怕陳 Sir 知道我們惡作劇，要罰我們。

容達志大叫：「不相信就算了，我們這是好心沒好報。」

梁俊明真是沒救了，事到如今，他還要玩。他突然跳到講台上，拿起粉刷高速把黑板上的地圖擦掉。女同學急得紛紛尖叫。莊小麗大喝道：「停手！」梁俊明稍為頓了一下，又上上下下地擦，分明故意挑起爭端。小麗走到前面去，一把搶了粉刷，扔到字紙簍去。

這動作來得太突然了，同學們不分男女，都嘩叫起來。他們倆站在講台上，一時間不知道該怎樣做。小麗直挺挺地站在那裏，嘴唇合得緊緊的，一直沒說話。忽然，大顆大顆的淚珠滾下她臉龐。

午飯時間快要過去了，電鈴一響張 Sir 就到，現在秩序這麼亂，沒有人知道應該怎辦。

這時，本來一直沒講話的林仲宇，拿了一片紙手巾，靜靜走到前面去。他把紙手巾遞給小麗，輕輕扶着她，把她送回座位，接着安靜地從字紙簍撿起了粉刷，放到黑板下，最後走到梁俊明身邊，拍拍他的肩頭，示意他也回到自己的位子去。「接送」完畢，他再度走到講台上。這時，大家都靜了下來，希望知道他要怎樣做。他這才指着黑板，開始説話：

「大家仔細看看，這像陳 Sir 的字跡嗎？」然後他轉過身來，對着全班説：「這都是我們寫的。我們不過要跟你們開玩笑。現在我代表全體男生向你們道歉。」梁俊明正要説話，仲宇向他使了一個友善的眼神，叫他先待着。「測驗的確延期到明天午餐時間才舉行。莊小麗可以去問問陳 Sir。」他説完了，才拿起粉刷擦黑板。一整班都靜了下來，教室裏只剩下輕微的颼颼之聲。大家望着這位平日專注、安靜的班長，不禁刮目相看。

突然，林仲宇轉過頭來，笑着對敏敏説：「鄭愛敏，Happy Birthday！容達志要代表我們送你生日禮物呢！」

大家馬上扭頭盯着容達志。他很驚奇，指着自己的鼻子説：「我？代表？」我們幾個可要笑死了，我知道那個小錢包是容達志節衣縮食兩個星期，特意給敏敏買的！林仲宇好「絕」啊！看他還有話呢！他對容達志笑着説：「喂，你害什麼羞？」全班轟然大笑起來，不停拍掌，聲音大得差點掩蓋了下午課的鈴聲。容達志只好把他那副糊裏糊塗的、舌頭伸出一半的「搞笑」尊容，連同包裝得精美無比的禮物送到敏敏手上，換來更多掌聲。

對峙的局面一下子就解決了，只可惜犧牲了容達志。

24

怨男怨女

自從林仲宇在混亂中大顯身手，我們班的女孩子都非常崇拜他。我聽説他已經成為大家的新偶像，那天放學的時候，桌子的書格就放了三塊薄餅——也就是女孩子們在家政室做的薄餅！這也難怪，他長得高（連容達志也比他矮），白皙的臉上完全沒有暗瘡，架着好看的金框眼鏡，校服總是熨得非常地平，漂得非常地白，而且嗓子已經全變了，不再是小男孩的聲音。他人是有點瘦，但精神很不錯，你從來不會看見他打呵欠。一次我問他上課時怎麼可以不打盹，他輕描淡寫地説：

「那還不容易嗎？專心聽課、忙着抄筆記就可以了。」答案竟然這樣出人意表。

下了課，我們找不到球架，只好坐在操場旁邊的梯級上看女孩子打排球。莊小麗的肌肉可不簡單呢，嘩，救得好！阿源一坐下，不知怎的，竟然拿出科學的課本在拼英文詞語！我實在有點生氣，這不是叫我們相形見絀嗎？梁俊明在伸懶腰，一個排球飛了過來，正好打在他的鼻子上。

看，那走過來要球的是誰？正是他的死對頭莊小麗呀！

他把球收到背後，故意皺起眉頭說：「先說 sorry，我才給你。」莊小麗本來有點氣，可是她定一定神，很認真地說了一句對不起。自從地理測驗事件以後，她的脾氣好像收斂了不少。

這下子梁俊明可得意啦，整張臉亮燈一樣亮了起來，很高興地說：「我覺得女孩子到了今天還是沒有什麼地位。」

我很驚奇地看着他：「何以見得？」在我們家裏，媽媽雖然是糊塗蛋，但說到地位，也不見得不高呢。

容達志忽然說：「女孩子怎會沒有地位？不男不女的才沒有地位。」我大笑起來。他說的當然正是莊小麗。她一身黝黑，黑得發光，眼睛永遠好像在戰鬥的樣子，明亮的眼珠子在長長的睫毛下閃動着，可以說是很有性格的。她頭髮短得像男孩子，兩條腿又長又瘦，但肌理清晰，排球也真的打得不錯，中一的女孩裏面，全級就只她一人當上了校隊丙組的正選。聽見阿達這樣形容她，我們高聲笑了，想不到阿達說話也會這麼刻薄。梁俊明更是笑個不停，最後還加上一句：

「不男不女也不是最沒有地位的，忽男忽女的才可怕。」

他這話比阿達説的更「抵死」。我們最明白他的意思了。那天林仲宇風度翩翩地處理了問題，叫她很慚愧，往後再不敢那麼兇霸霸了，有時候更「忽然」表現得很溫柔，所以梁俊明才説她「忽男忽女」。我們聽了，差點沒笑得滾到地上去。我覺得自己從來沒碰見過一個比梁俊明更聰明的人。

一直很安靜的林仲宇回頭看看我們，忽然問：「你們真的這樣想嗎？」

25

王子的公主

我們聞言，都很奇怪，大家扭頭看着他。他竟然很認真地說：「我認為莊小麗是全校長得最好看，性格最好的女孩子。」

我們都愣住了。過了好多秒，容達志跟阿源一同叫起來：「不會吧！」林仲宇哈哈大笑：「你們當然不會同意！」

我愈聽愈糊塗，就問：「喂，你們在說什麼？我愈聽愈不明白了。」他們交換眼色，笑道：「你嗎，再過兩年吧，這是一米六以上的人才有資格明白的。」

我很氣，拿我當小鬼嗎？我不過發育遲一點罷了，竟然看不起我 !?

梁俊明忽然很認真地說：「你認為莊小麗長得好看，這很難說你不對，因為人人的審美眼光不同。但你說她性格好，我實在沒法感受得到。」

林仲宇看着正在打球的小麗，慢慢說：「那天她們從家政室回來，人人嚇得面無人色，她卻馬上想到分工合作，把黑板上的東西先抄好，然後自己承擔去見陳 Sir 的責任，一面安慰大家，一面處理問題——老實說，我佩服得五體投地。我覺得她既有領導才能，也肯吃虧、不計較。那天我終於走出去，就是因為覺得自己實在對不起她們。── 她哭了，我更覺得很內疚。」

我聽了也覺得林仲宇説得對，忍不住點頭。

「但是，」梁俊明用手肘撞了我一下，示意我不可點頭同意。他對林仲宇説：「你不認為女孩子性格太強，好可怕嗎？你看她運動這麼厲害，我們男孩子還有面子嗎？」

林仲宇微微一笑，拿起書包，要離去的樣子。臨行説：「你是缺乏安全感吧？要不然，你這就是性別歧視了。」

26

心事

嘩，這種分析也真厲害，層次之高，叫我開始沒法完全聽得懂，我只好裝作都明白了，不做聲。就是梁俊明也沒法招架吧？他看着林仲宇的背影遠去，説：「想不到他人那麼瘦，臉色那麼蒼白，膽子可不小，品味更是驚人。看來別的女孩都沒希望了。想想看：白面書生跟排球女將。」

梁俊明語出驚人。他是我們幾個人裏面最有個性的，光看他怎樣逃過凌 Sir 的選拔就知道了。他這人最機靈，只是太喜歡玩，而且比我還要懶。我最怕跟他一起做數學習題。我趴在桌子上算半天，老算錯，但他只要一看題目，就知道那個 unknown 是什麼，簡直可怕。他説話也非常好笑吧？—— 白面書生與排球女將！

忽然阿源説話了：「你才是白面書生。林仲宇是跆拳道黑帶二段呢，十三十四歲組分齡賽的冠軍哪。況且……難道人真的不能喜歡比自己棒的女孩子嗎？」

我們聽了，覺得這也不簡單。阿源居然會講這樣的話。梁俊明笑道：「哈，難道阿源也有了心上人 —— 而且是比他棒的心上人？」

阿源不理他，自己站起來。我聽來聽去插不了嘴，覺得有點悶氣，也拿起了書包，準備回家。我跟阿源說：「地鐵？」他點點頭。我叫他等我一下。

球場上只留下梁俊明和一直沒再說話的容達志，二人仍舊坐在那裏，兩個都滿懷心事似的。

地鐵裏，阿源忽然對我說：「考試了。我希望不用留級。」

我有點驚奇他這樣坦白。「不會吧，我覺得你已經進步了很多。而且這不過是上學期嘛。」

他看着車廂的地板，很輕很輕地說：「告訴你一個秘密。有一個人，每天都在電話上教我功課。她每天晚上八點半打電話來，要我拼三十個英文字，還要我背書。」

啊，難怪他手上老捧着書！我訝異得說不出話來。

地鐵隆隆地響。到了長沙灣站，我忽有所悟：「是陳頌恩！」

阿源手上的書忽然掉到地上。他把書撿起來，很驚奇地看着我：「你怎會猜得到？」

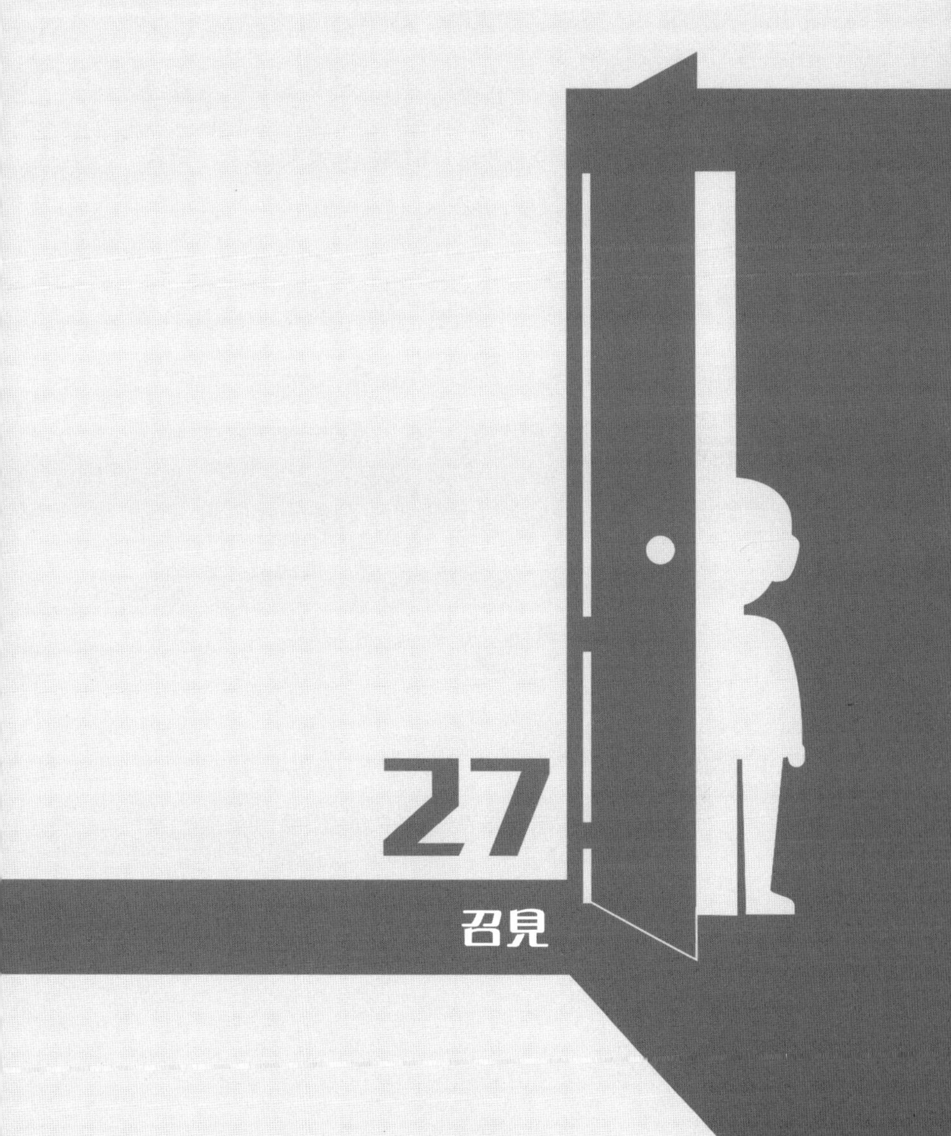

27 召見

午餐時間，忽聞彭鋒召見阿達和我，我們還以為是什麼事，戰戰兢兢地走到中四的教室。彭鋒已經交叉着手，笑着站在大門口。今天的隊長，好像長得格外高大。

「小朋友，過來。」

我們慢慢走過去，心裏不能說不害怕。但他忽然伸出手來搭着我倆的肩頭，很親切地說：「來，我們去吃漢堡包。」

走到街上，我們感到非常奇怪，因為他帶我們走了很多路，走到很遠很遠的一所快餐店去，並且真的請我們吃午飯，只是也真的只能喝果汁，不能喝汽水。吃了一半，他慢慢說：

「我知道你們對『拍拖』這種事開始很有興趣，不過……」他突然輕輕擰着阿達的鼻子，「你不能老是跟蹤老師。這是很不禮貌的。你們是中學生了，應該學會尊重別人的隱私。如果帶着女朋友的是我，我才不會對你們這樣客氣！聽見沒有！」

忽然，我們都明白了。我們幾次貪玩偷偷跟着凌 Sir 和 Miss Lam 出去，原來他們是知道的！

阿達嚇得硬生生地吞下了兩個漢堡包，一句話都說不出來。

考完試了

上學期的考試最難熬，第一因為卷子差不多全用英語，我們也第一次要答所謂的長題目。第二因為科目繁多、什麼音樂美術通通要考理論。第三因為妹妹的第二次呈分試早已經考完，結果更出乎意料地好（看來她真的要進我們學校了），我的壓力很大。

弟弟念小二，媽媽才不管他呢。整整半個月，媽媽和爸爸每天晚上都輪流看管着我溫習。李 Auntie 說，孩子都讀中學了，還要看管嗎？爸爸媽媽的答案既肯定又堅決，我是無法逃掉的了。爸爸說，中一是過渡期，是學生最需要幫助的時候。媽媽還說，聽她在大學裏的一年生提起，他們很多人都因為無法適應英語教學，在中一時滑跤（尤其是成績好，考上了 band one 中學的孩子），小學名列前茅，中一排到榜尾的大有人在，其中不少竟然因為找不到出路，變得自暴自棄。這是她跟李 Auntie 說的時候我無意中聽見的。李 Auntie 笑他們緊張。爸爸媽媽也真的有點緊張了，有時候甚至緊張得大發脾氣。說實話，那時候我真的有點抗拒。

正悶着，敏敏打電話來。原來她對着課本，好多地方都不會。她說英文語法最難，問了我好多問題，我說我只會做，卻不會分析，也不會教她。我把媽媽叫來跟她說。說完了，我想跟她講「拜拜」。但她在電話那邊好像很不開心，狼狽地掛了線。後來她對我說，她很羨慕我爸爸媽媽會講英語。

我打電話對容達志說了這事。他聽了一聲不響，很悶氣似的。

考完最後一科，我跟梁俊明和阿源開心得擁抱了半天。回頭一看，怎麼，林仲宇竟然還坐在雨天操場那邊看書！

29

高才生的房間

到了俊明在何文田山的家，一個老婆婆出來開門。嘩，好大的客廳！

「嫲嫲。」俊明叫道。老婆婆微笑一下，點點頭就走到她自己的屋子裏去了。俊明把我們帶進他的房間。好可怕呀，這麼亂的地方是人住的嗎？要是我和弟弟把房間弄成這個樣子，媽媽一定要爆血管了！他的書桌放滿了模型，牀上全是攤開的漫畫和課本。牀頭的架子上，有十多個流川模型娃娃，襪子、T-shirt 到處都是……

我歎道：「厲害！厲害！你媽媽從來不要你整理房間的嗎？」

「我媽？我不知道她已經多久沒到我的房間來了。」

「嘩，這真好！我媽媽管得好嚴，每天巡查我的地頭啊。」我叫道。

「可以想像啦。那天你鼻敏感，你媽媽不是緊張得要跟你吃午餐嗎？」

「就是，好煩人。」

「你覺得煩？告訴你，我上一次氣管炎差不多三個星期，我媽媽一點不知道。我自己去旺角中心看醫生，看了兩次，沒好，再往樓下找另外一個專醫喉嚨鼻子的，這才好了。」

真有這樣的事嗎？梁俊明比我還小幾個月呢，他也真獨立。

「為什麼你爸爸媽媽會不知道？」

「在上海做生意嘛。」他隨手拿一個最大號的高達模型，遞了過來。「我媽媽是一定要跟着過去的。你聽過『包二奶』這種事吧？」

我們驚訝得抬起頭來，他卻毫不在意地哈哈大笑。

30

失竊事件

下學期才開學，兩個錢包先後失竊了，這次已經是我們班的第五次了！這一回，失了錢包的是王大為和黃珍妮。幸而珍妮剛好沒把身分證放在錢包裏。她的個子是全班最小的，頭卻很大，像一個精緻的洋娃娃，頭髮很長，編成兩條大辮子，樣子甜甜的，像一種雙皮奶給人的感覺一樣，又白又滑。很多男同學都認為自己喜歡她。老實説，我覺得她也真的相當可愛。除了敏敏和嘉欣，她一直是小麗最好的朋友。

小息一到，張 Sir 就把林仲宇和莊小麗叫了去。小麗回來，很氣的樣子。她站到前面，高聲説：「大家小心點好不好？我們班已經聲望掃地了！連珍妮的錢包也偷，真是，給我知道了，我一定不會放過他！」

我們沒理她，自顧自在説話，因為今天副校長 Mr Lam 和訓導主任龔 Sir 已經來巡查了，他們比她更生氣。龔 Sir 説：「同學們，學校已經掌握了證據，偷錢的同學一定法網難逃。今天我給這個犯錯的同學最後一個機會，下午的初中週會以前來自首的，我們一定給他改過的空間。」

升中超過半年了，我們一直聽説同學失竊，有人失去電子辭典，有人失了錢，有人整個錢包不見了。張 Sir 半年來很努力地明查暗訪，還是茫無頭緒，焦急得很，上中文課時老在説教，好像這樣做得多了，那個小偷就會自動投案似的。

最慘的是每次出事，必定謠言滿天，成績不那麼好的同學常常惹人懷疑，連阿源也不能倖免。那天他聽説部分女孩子懷疑他，氣得連聲音也變了，後來這些話讓廖伯聽見了，他不問情由，就把阿源揍了一頓，幸而後來找來了張 Sir，事件才平息。可是阿源受到的委屈，叫我對這個小賊痛恨入骨。

阿源最近又變得有點灰心了。他上學期在班上考三十二，只有 History 一科不及格，我們都替他高興，連張 Sir 都公開稱讚他，陳頌恩更送了他一本記事簿，作為鼓勵。但他爸爸還是罵他沒用，而且在學校裏罵。我們難過得很，真的不知道該怎麼叫他開心一點。

吃午飯的時候，梁俊明説：「我知道誰是小偷。」

我們很驚奇，一桌兄弟都啪的一聲放下了筷子。

「我現在還不能説，因為沒有證據。但我會把那個人的名字寫在一個小條子上，放到班會的儲物櫃裏；水落石出以後，你們可以拿出來查證。」

他説得好肯定啊。這個人會是誰呢？

31
落網

週會本來是在早上舉行的，但今天要頒的獎太多，校長又不願意我們少了上課時間，就把週會換到最後一節課才舉行。獎項好多，那些田徑接力邀請賽的獎牌多得叫人眼花繚亂。我看着那些丁丁當當的金銀小東西，和五次上台、出盡風頭的彭鋒，羨慕得全身發燙。不知道什麼時候才有我的份兒。

好久好久以後，獎終於頒完了。副校長宣佈散會——但我們班得留下。他清清楚楚地說：「中一乙班的同學好好聽着：你們不要動，立正五分鐘。頭不可以往後看。」台上還站着訓導組幾位神情嚴肅的老師，和皺着眉頭、目光凌厲的校長。

這五分鐘也真長！我們平日習慣東張西望，胡言亂語，這一次卻也覺得事態嚴重，不敢張聲，就是絲毫動作也沒有。

禮堂裏靜得怕人。突然副校長走到台前，用比較溫柔的語氣說：「除了下面三位同學，其他人可以放學了。安靜離開。」接着她讀出了三個女孩子的名字。我們偷偷回頭看，發覺三個人都是束着長辮的。黃珍妮竟然是其中之一。

差不多走到大門時，我忍不住再一次回頭看。梁俊明在我耳邊靜靜地說：「真不幸，我猜中了。」

32

束手就擒

我們真的不敢相信自己的眼睛，班上的失竊事件全是黃珍妮一手包辦的！

梁俊明一直微笑不語，我問他是怎樣猜到的，他一句不答。放在儲物櫃裏的小字條上面，確實寫着黃珍妮的名字。

原來學校星期二已經掌握了資料。聽説一位畢業不久的大哥哥在新界的一間屈臣氏買東西，看見穿着校服的「小師妹」在買昂貴的化妝品，覺得很奇怪，就跟着這個束着長辮子的學妹。她付了錢，走到外面，順手就把錢包扔掉。大哥哥撿起一看，發現裏面的學生證是一個叫王大為的男孩子的，就打電話回去找校長，揭發了這事。那天我們給留在禮堂，就是要讓這位專程向大學請假回來的大哥哥認人。

因為人證、物證俱在，黃珍妮無法抵賴，終於承認了。

我覺得很驚奇，心裏更浮現出一種出師無名的傷心感覺。但我還是非常有興趣知道梁俊明因何料事如神。

他説我不肯動腦筋，又説：「事情還沒完呢，你瞧着吧。」

33

回擊浪

梁俊明真不愧高才生，他又猜中了。黃珍妮的事件惹起了許多風波。蔣嘉欣一向是珍妮的好朋友。她媽媽知道了這事，要求學校把蔣嘉欣換到另一班去上課。學校不肯，嘉欣也不肯，她父母就要她換一家學校。莊小麗說她在電話裏哭得很慘，因為她捨不得學校和同學。

小麗自己也很難過。嘉欣和珍妮都是她的好朋友，現在珍妮這樣，嘉欣又走了，她難受得整天在學校裏皺眉，神不守舍，一星期就瘦了一圈，排球不打了，有時候連午飯也不吃。林仲宇最擔心，這也是看得出來的，可他這次什麼辦法都沒有。兩個班長都好像着了魔似的，整個教室死氣沉沉。星期五那天，小麗替張 Sir 拿功課本到教員室，中途絆倒了，本子散了一地。剛好俊明和我經過，忙把她扶起，又給她把作業都撿起來，可是她好像摔得很痛的樣子，一直哭，到了醫療室還是停不下來，終於當值的老師叫來了駐校的輔導員……

至於黃珍妮自己到底受到學校什麼處分，我們都不大清楚。只知道跟她比較熟落的同學一批一批地見張 Sir 和 Mr Lam 去了。她們回來說，珍妮已經決定改過，老師們要求大家重新接納她，並希望我們以一貫的態度與她相處，事件這才逐漸平息了。

34

好朋友的命令

我始終無法理解珍妮偷東西的動機，對她做過的事一直耿耿於懷。林仲宇最不能原諒她，因為莊小麗後來病了兩個星期，張 Sir 讓曾展翎代她當班長。她回來後臉色蒼白，張 Sir 說要她休息，從此仲宇就少了許多與她合作的機會。他的感受我們幾個最明白了。

星期六我們四人約好回學校打球，結果因為人人都忘了帶球，我們只好坐在草地上聊了兩小時。我們一定要梁俊明說出他猜中黃珍妮偷東西的原因。他沉默了一會兒，才說：「你們是不是都認為偷竊是很嚴重的問題？」

阿源說：「那當然了！」

林仲宇說：「難道不是嗎？」

「我的感受不一樣。」梁俊明慢慢地說：「我小學時從來不覺得拿走人家的東西是不對的。聽清楚：我是說不覺得，不是不懂得。因為我出生以來，從來不會得不到任何東西。我還來不及開口，爸爸媽媽、嫲嫲爺爺就會馬上給我送來。我覺得所有東西其實都是我的，只不過有時候錯放了地方。」

「這還了得！」我大叫起來。

「直到那一次……」他的聲音漸漸低沉，根本沒理會我。「爸爸他突然跑來擁着我，好久沒説話，然後出門走了。過了兩天，媽媽也走了。——現在，他們在上海已經兩年了，隔天打電話回來跟我説話，可是人很少回香港。那是因為……有一個大陸女人把我的爸爸搶了去。媽媽要去看管着他。」

我們都嚇了一跳，不再作聲，幾個人都很認真地看着俊明。

「他不會再回來了嗎？」我很難過。

「很難了。我在上海，已經有了兩個妹妹。就是那個女人的孩子。現在他雖然和媽媽住在一塊，但每天去看妹妹。」

「太可怕了。」林仲宇説。阿源垂着頭。我偷偷看了他一眼。大概他又想起自己在大陸的媽媽吧？看着阿源遙遠失落的眼神，忽然我明白俊明在我們面前一直不提家事的原因了。

「我還沒說完。爸爸走的那天，我開始強烈地感覺到偷竊是絕對不可饒恕的罪行。從此我再也不會隨便拿走別人的東西了。」

「但你還沒解釋你為什麼知道……」

「黃珍妮？……一次跟她去圖書館做 Science Project，她告訴我她也是讓人家搶了爸爸的。我仔細聽，才知道……原來，原來她媽媽就是……就是搶了我爸爸的那種女人，也就是……某一個爸爸的二奶吧。她帶了珍妮來到香港（你們知道嗎，她原來叫黃珍，來港後嫌土氣，才加上妮字），發現珍妮的爸爸不肯承認她們母女。」

「所以她什麼都要據為己有？」阿源問。

「我是這樣猜想。」俊明說：「因為那次凌秀儀失了錢，錢包還在，但她跟爸爸媽媽的合照卻給故意毀了，記得嗎？」

「對！」我們叫起來。

「然後，黃珍妮自己的錢包失竊了，張 Sir 問她裏面有什麼，她說有她跟父母的近照。我一聽到就懷疑。她曾經告訴我，她們來香港兩三年了，她爸爸只在一間茶餐廳匆匆見過她一面。那天她説起這事的時候，差不多要哭呢，該不會是假的。而且，她的身分證也沒丟，太巧合了吧？」

「她不是説剛好拿了去影印的嗎？」林仲宇問。

「但那天下午我在圖書館看見她用學校的圖書證借書。我們的 Science Project，我跟她同組，記得嗎？這都是我親眼看見的。我開始特別注意她的舉動，於是那天中午我故意説自己忘了帶錢，叫她請我吃東西。你知道她帶我到哪裏去吃？」

我們都定睛看着他。他用力拔起一把草，恨恨地説：「是馬里奧。」

「嘩，剛丟了錢包去吃意大利餐！」

終於真相大白了。

「你們都很看不起她吧？」大家靜了好久，阿源用很輕的聲音問。

「我很明白她的想法。我沒有看不起她，但我痛恨她。

我老是覺得，我在大陸的那些所謂妹妹，就是她那種娃娃樣子的，看起來可純真啦。哼。」俊明別過頭去，一臉不屑的表情。

「我現在倒沒有恨她的感覺了，但，偷錢這回事，就是不對。」我說。

「說得好。無論有什麼背景，什麼原因，偷就是不對。」林仲宇支持我。

「但是，偷東西大概也只是一念之差吧？」阿源說：「有時候，一些念頭……更不容易對付。上學期開學的時候，我不是失蹤了一個星期嗎？你們知道那段時間，在我腦海中徘徊的想法是什麼？老實說，現在回想起來，也會怕得全身冒汗。——那比偷可怕得多了。」

「是自殺吧？」俊明打斷他問道。我和仲宇馬上感到事態嚴重，緊張起來。

「你也想過了吧？」阿源回頭看着他。

他說了這話，就不吭聲了，大家都靜了下來。

林仲宇很專注地看着他們，看了好久，然後站起來認真地説道：

「這種事，以後連想一想都不可以，因為我不允許！這是一個好朋友的命令，聽見沒有！」

35

還在難過嗎？

為了應付初夏的校際越野大賽，長跑隊的訓練不斷加強。在這之前舉行的校內的陸運會也快到了。大家暫時忘記了黃珍妮的事，彭鋒卻漸漸成了我們日常生活的中心人物。他好像又長高了，體格比往日更強壯，但因為與我們日漸熟落，我們已經不再那麼怕他了。可不是，最初我們叫他彭大哥，後來直呼彭鋒，最近都叫他彭彭。

每星期三天，早上七點半，他就領着我們十五個中一到中三的丙組隊員繞着校舍跑。這些日子以來，阿源愈跑愈穩定，跑完了連氣都不喘，看來他的實力已經跟上了中三的學長了。我比他個子小一點，雖然跟得上，但心理上一直沒有贏他的把握。容達志有時很快，有時很慢，那要看敏敏是不是已經回到了學校。他一看見她在小食部喝汽水，或輕輕一笑跟我們招呼，他就不知哪兒來的勁，連續越過前面的幾個人，也不理會隊形，亂跑一通。我們向他喝倒采，他卻好像完全聽不見。

終於，彭鋒火了，就在小食部前面叫停，讓我們列隊，然後把阿達叫了出來，罰他就站在敏敏面前「扎馬」。阿達很吃驚，也很尷尬，但隊長有命，他可以說什麼？那時敏敏和小麗就坐在他面前的長椅上。敏敏看着他的狼狽相，忍不住笑起來，更頑皮地拿着可樂瓶子放到他面前晃來晃去，我們更不用說，差不多肚皮都笑破了。

只一剎那，我察覺到坐在她旁邊的小麗面色灰暗，笑容也很牽強，她原來那黑裏透紅的閃亮膚色，已經再也看不見了。

36

我們少了誰？

因為壁報板要更換了，那天午餐時間，林仲宇把我們幾個拉了回來幫忙。曾展翎這位新任女班長好像很受歡迎，好些女孩子都抱着紙張材料，嘻嘻哈哈地跟着她回來了，教室裏七八個人，真正地七嘴八舌了，好不熱鬧。這種愉快的場面，豈能沒有我杜志衡？

梁俊明咬住飲管，正坐在牆角看着我們，既不說話，也不幫忙。他老是這種愛理不理的模樣，大家也見怪不怪了。忽然，他用小指頭做了一個彎鈎，示意我走過去。我放下手上的東西，很不耐煩地向他走去。

「喂，你沒發覺有點不對勁嗎？」他在我耳朵旁邊說。

「什麼不對勁？」

「莊小麗呢？」

「大概吃飯去了吧？現在是午飯時間啊。」

俊明眯着眼睛看我，好一會又說：

「你的腦袋真的不大中用了。你也不想想，她平時跟誰吃飯？」

「陳頌恩和敏敏嘛……對了，她們都在這兒！那麼莊……」

我匆匆走過去拉住林仲宇，還沒開口，他就說：「你不用說了，我也很擔心，可是這裏又走不開。」

「那我去找找她。」我說。

他點點頭，馬上又爬到桌子上忙着釘壁報去了。

梁俊明看了我一眼，又用眼神瞄瞄窗外。我懂得他的意思。

37

一個人吃午飯

學校的後巷就在樓下窗外。那兒是個好地方，一排排濃密的綠色高樹和清脆的鳥叫把鬧市隔在外面，縱然還有點車聲，也有蚊子，但女孩子們還是常常先噴好了「蚊怕水」，到這裏來聊天。因為小巷在校園的最北面，所以大家都叫這兒作「北極」。

我走到北極的時候，陽光正盛，我一時適應不來，看不清楚。要不是為了尋找莊小麗，我才不肯到這兒給曬個正着。雖然只是三月中，我已經儘量逃避太陽了，因為長跑隊最怕的就是熱。正走着，唉，前面的人不就是小麗嗎？

她獨自挨着牆，正慢慢咬着一個麪包，好像還沒有發現我。

「喂。」我叫她。

她看看我，好像很奇怪的樣子。

「我……我沒錢吃飯。」我亂說一通。

她沒説一句話，就把手上小塑料袋中的另一個包子遞了給我。我碰巧也是真的肚子餓，就不客氣了，大口大口地嚼起來。

「最近長高長得快，老是吃不飽。—— 你……一個人吃午飯？」當然，又是我在找話說。

她再看看我，還是不肯開腔。我感到很尷尬，本來已經要走了，正想先說謝謝，她卻講話了。

「又丟了錢包啦？為什麼沒錢？又是珍妮做的嗎？」

我想了好一會才知道她在說什麼，趕忙答道：

「沒有，沒有，不是。」

她垂下頭，又問：「壁報做好了沒有？」

我搖搖頭，繼續吃包子。

過了一陣子，她忽然說：「我……也想換學校了。」

我聽了嚇了一跳。一口麪包還沒嚼碎就咽到肚子裏，也不知道是什麼滋味。但為了讓她繼續說話，只好裝作若無其事，很輕鬆地說：

「我還沒吃飽呢，可以再請我吃一個嗎？」

她看着我咕嚕一聲吞了包子，還以為我太餓才會饞相盡露，終於笑了，同我一塊走向小食部，説要給我再買一個。路上，她忽然説了一句話，叫我感到很難過。

「杜志衡，你人很好，你不像他們那樣看不起我。」

「看不起你？誰？為什麼看不起你？」老實説，我從來沒聽見有人會看不起鼎鼎大名的莊小麗，對她感到敬畏的同學反而大有人在。想不到她的心靈這麼容易受傷。我們班的白馬王子不是説過莊小麗才貌雙全嗎？為什麼她會有這樣的想法？

「杜志衡，請你告訴我，我當班長的時候，是不是有點霸道？黃珍妮的事揭發了，你們是不是覺得我偏幫她？」

「沒有的事！」

「可是我也真的太沒用了。嘉欣就這樣給帶走了，我一點辦法都沒有……」

「但那可不是你的錯啊。」

「好像不是吧。但是，可能我真的不該當班長。有好多事，實在是我的錯。地理測驗那天……你難道不覺得嗎？林仲宇當班長，比我稱職多了。所以張 Sir 才把我撤換下來，對吧？……」

她還沒說完，兩顆大大的淚珠已經滑到臉上。其實，女孩子什麼都好，就是太愛哭了。我的手往褲袋裏掏，因為我必須在走到小食部之前找到一片紙手巾，要不然全校的人都會以為我在欺負她……可我是從來不帶紙手巾的呀！

正在狼狽，她忽然遞過來一片。她淚水早已拭乾，還對我說：「不用找了，我這兒有。」

誰說她不適合當班長？她不是很會照顧人嗎？我想到自己背地裏一直叫她作「男人婆」，心中突然感到內疚。

38

關心牌可樂

我把莊小麗的話告訴他們幾個，大家心裏都十分擔憂。很明顯，頌恩沒注意到小麗的變化，她太集中精神幫助阿源溫習了。敏敏一向只會讓別人照顧，也沒法理解她心中的感受吧。蔣嘉欣走後，小麗很孤獨。梁俊明以前最不喜歡她，可是我覺得，現在沒有人比他明白她。只是他什麼都不會做：「換學校？我敢保證，到處都一樣。到處都有小偷。到處的朋友都可以是敵人。到處的人都漠不關心。到處都一樣。不用想了。」

阿源瞪了他一眼。他雖然沒說話，但我看得出來，他不同意梁俊明的話。容達志聽了，說：

「那還不容易嗎？我們可以請她喝汽水，表達關心。」說時舉起手上的一瓶本來買給敏敏的可樂。他常常無緣無故請敏敏喝，卻是事實。大概因為長跑隊禁止喝汽水，他請敏敏，一方面為了表情達意，一方面為了望梅止渴。

俊明笑道：「你請她喝汽水？你不怕敏敏誤會嗎？」阿達聽了嚇了一跳。趕忙說：「那也是。林仲宇，那你去買一瓶，我買敏敏的那瓶。」

我們扭頭找林仲宇。他原來是與我們坐在一起的，但現在已經沒有了蹤影。我們找了好久，終於發現他正跟曾展翎兩個人遠遠站在草地那邊的大樹下聊天。這個時候還有興致聊天，真是無情。梁俊明說人人漠不關心，也不見得完全沒有道理啊。

「哈，」梁俊明叫道：「看來他對所有的女班長都有興趣！他不是說過莊小麗是他的白雪公主嗎！你看，世態炎涼啊。喂喂，莊小麗的可樂誰付錢？」

「我付！」一直不做聲的阿源很生氣地叫起來。

39

小麗復職

第二天上中文課時，張 Sir 忽然對我們說：「莊小麗的身體已經康復，可以復職當班長了。我們歡迎小麗回來。曾展翎同學這些日子仗義幫忙，我們鼓掌謝謝她。」他說完，向敏敏眨眼睛。敏敏從書桌下面拿出了一大盒結了禮物花的巧克力，送到曾展翎面前。我們看得傻了。這是什麼場面呀？

我們的驚訝還不止於此。張 Sir 等大家的驚呼聲停住，手拍完了，又說：

「班長，輪到你啦。」

林仲宇應聲而起，手上拿着一小束玫瑰花，走向嚇壞了的莊小麗。好傢伙，瞞着我們做大事呢！剎那間，我明白昨天他突然失蹤的原因了。林仲宇深藏不露，已經偷偷動員了好幾位老師同學，竟然在一天之內想到了挽回小麗信心的辦法，實在教我佩服得五體投地。這時全班不約而同，尖叫喝采，看着小麗接過了花，還是無法停下，過節一樣高興得不得了。

小麗笑了，卻也好像很想哭。張 Sir 趕忙說要開始上課了，大家這才逐漸安頓下來。

我偷偷看看小麗，她咬着唇，眼睛看着黑板，兩顆淚珠在她眼中打滾。但這次她眨眨眼睛，強行把淚水按捺下去。班長的風範又回來了。

梁俊明向我打了一個眼色。阿源臉上露出了欣慰的表情。容達志半張着嘴，好像還沒弄懂究竟發生了什麼事。只有林仲宇安靜地、直直地坐着，好像平日一樣，很專注地看着桌子上已經打開的課本。

40 老師的男朋友

復活節假期，阿達打電話來，叫我到他家附近的公眾田徑場去練習。阿源要回鄉下幾天，出來的只有我們兩個。雖然不過四月初，跑起來已經很熱，一身都是汗，兩圈過後，更已大汗淋漓。

運動場的旁邊是一座室內體育館，有空調。我們實在熱得太辛苦了，一跑完就往羽毛球場那邊走。進門的時候，一陣涼風從頭頂籠罩下來，真是說不出地舒服。阿達說：「如果手上有一瓶冰凍可樂，就真是人間天堂了。」

「你別忘了，隊長有命，我們在校際賽前是不可以喝汽水的。」我們一同半躺在看台上胡言亂語。

「對。我要堅持！校際賽那天，就是我們的汽水光復日！到了那天我要喝半打汽水！」阿達在看台上大叫，伸了一個很大很大的懶腰。因為他把手伸得太長，無意間碰到坐在後面看球的人。我們一同回過頭去，想說對不起，豈料定神一看，後面的人不是誰，竟然是穿着便服、束了馬尾的 Miss Lam ！

她認得我倆，向着我們微笑。阿達可能忽然想起彭鋒的警告，狼狽地高聲說：「啊，Miss Lam，你們……我……我們不是故意的，只是巧合而已。」

「你在說什麼？誰故意什麼了？」Miss Lam 好像不大明白。「杜志衡，你也來打球？」

我沒答得上來，因為我實在不是來打球的。阿達好像驚魂未定，竟然語無倫次：「凌 Sir 呢？」說完卻忽然知道問錯了，張着嘴傻瓜一樣胡亂地笑。

Miss Lam 明顯有一點不高興，可是她還是笑眯眯地回答了阿達的問題：「我今天不是同他來的。」說完，停了一下，又好像需要一點補充似的，輕輕加了一句：「為什麼你們覺得我來了，他一定會來？我是我，他是他嘛！」

我聽了有一點點不舒服的感覺。後來問阿達，他也有同樣的感覺。上一次偷偷跟着他們到書店去，兩人不是還拉着手的嗎？

一個穿着運動衣、拿着球拍，滿頭大汗的叔叔向着這邊走過來，坐到 Miss Lam 身邊，Miss Lam 很自然地遞給他一條毛巾。

我輕輕對阿達說：「走吧。」

阿達偷偷回頭一看，Miss Lam 向着他嫣然一笑。事後阿達對我說：「那個人又胖又矮，為什麼 Miss Lam……凌 Sir 哪一點比不上他？」

我瞪他一眼。他這人下結論也下得挺快。我有點不高興地說：「矮的一定比不上高的嗎？偏見！」

41

學長的心願

長跑隊的斯巴達式訓練，在集訓營中達到了高峰。我們星期五進營，晚上做了很多體能練習。為了預備第二天的大量訓練，我們奉命早睡。

我們學校的營地設施比較簡陋，每次進來都得先來個砍樹斬草、除蟲去蚊。大家在營房裏橫橫豎豎地攤開了尼龍摺牀，趴到上面去，嗅着蚊香的刺鼻氣味，一邊趕蠅搔癢，一邊亂講瞎說，真是很有風味。

阿達不停地講他的敏敏，我們實在聽得厭煩了。說到底，敏敏根本就不知道他這種亂糟糟的單戀心情，就是知道，他這麼糊塗，而且總是一身臭汗的、指甲長了永遠不剪，大概也沒有什麼成功的希望了。可是他好像一點不知道自己的光景，還是那麼「長氣」，聲音又「吟沉」非常，阿源早已扯鼾，我也很快睡着了。

不知道是因為環境生疏，還是心情太興奮，我竟然在半夜三點多就醒過來了，醒了就再也睡不着。過了好久，我爬起來上廁所，赫然發現彭鋒的牀空着。我上完廁所，東張西望，在黑暗中找了好多地方，才終於在放獨木舟的小屋子旁邊那片草地上找到了他。

他一個人坐在石頭上，動也不動地看着海。海面上只有一兩點暗黃色的漁燈。因為這是郊外，天上的星星特別亮。他聽到我的腳步聲，回過頭來。我以為他一定又會喝令我回去睡覺，可是他沒有。意外地，他拍拍身邊的一塊石頭，示意我坐下。

坐在彭鋒身邊，我覺得很安全，但也覺得自己很矮小。

不料他一開口，說的正是我的身高：「你進來讀書大半年了，長高了多少？」

「讓我看看 —— 大概八公分吧。」

他笑了。「我現在是一米七五。希望明年回來看望你們的時候，可以長到一米八。你知道，沒有一米八，在外國很難當運動員。」

我睡眼惺忪，實在無法明白他在說什麼。我抬頭看他，但星光太稀薄，我只看到他側臉的輪廓。「你在說什麼？」

「再三個月，我就走了。我爸爸要我到英國寄宿學校讀書。」

「什麼？」我嚇得從草地上跳起來：「你要出國？」

「杜志衡，我做隊長，是不是很兇？」他忽然談到別處去。

我不知道該怎麼回答。聽説彭鋒是歷來最嚴格、自己也最有成績的隊長。其他球隊説我們的訓練是地獄訓練。好多次，我們都累得渾身疼痛，口渴得像火燒。汗水穿過眉毛睫毛，刺進眼裏，叫人痛苦不堪，巴不得馬上退隊。可是休息過後，那種可以感受得到的實力的增長，卻叫我們很興奮。記得第一次繞着校舍跑了五六圈，大家就氣喘如牛，整個人都粉碎了一樣，現在我們已經可以跑到校外，爬山上斜，齊齊整整地馳過多條中九龍的大街，最後高速衝上學校的大斜坡。進步的感受太好了。我們逐漸學會了享受奔跑。

看着寂靜、黑暗中的彭鋒，我心頭不停計算我們一同跑過的路，我的眼睛忽然變得溫熱。我很想説話，卻説不出來。

「你知道嗎，我有三個心願，三個我希望能在上飛機之前完成的心願。」他説。

「是什麼？」我一開口，就發現自己的聲音已經很不對勁了。

「第一，我希望自己能打破學校乙組八百公尺的紀錄。第二，我很想，真的很想，想在校際越野賽中，把校隊帶進第一組。你知道嗎？其他 Division One 的校隊，全都是由專業教練訓練出來的——如果我們升上第一組，我們可能就是第一個由學生自己訓練出來的尖子隊伍。」

「嘩，厲害！」我小聲說。

「你們會努力跑嗎？」

「一定會。」

「你知道我第三個心願是什麼嗎？」

我在黑暗中搖頭。

「那是與你有關的。我希望你在五月中的校際賽中帶頭，之前也能在校內陸運會上打破我一千五百公尺的丙組紀錄。」

「為什麼是我？」

「因為我要證明自己的眼光。我知道你會長得很高，可能比我更高。以你長高的情況，和你的練習進度來說，一兩年之內，你的成績就會很突出。你能夠送我這份禮物吧？」

我靜靜坐在草地上，竟然有了一點點喘氣的感覺。

「你中一的時候有多高？」我好奇地問。

「你猜。」

「一米五六。」我胡亂猜道。這正是我現在的高度。

「錯了。一米四三。」

我驚訝得不能禁止自己張大嘴巴。不知道為什麼，我一直忍着的淚水慢慢地流到臉龐上去了。我想起上學的第一天，在幾十個同班同學之中，我是多麼的矮小哇——漸漸，我感受到這個學年的一切，已經在我的感覺上、身體上留下的可觀的重量：去年夏天，我成了中學生，考進了我夢寐以求的中學。我一直以為七年的中學生活會是很長很長的，可是晃眼間，一年已過了大半，暑假過後，我就是中二的學生了。

「如果我是你，我一定很難過，很捨不得學校。」我說。

彭鋒站起來，摸摸我的頭，就轉身大步走向營舍。周圍的蟲叫很響亮。我原來是很怕黑的，但現在一個人坐在黑夜裏，竟然一點害怕的情緒都沒有。因為一種我從來沒經歷過的感情，已經漲滿了我的心。

42

突擊測試

想不到李 Sir 竟然這麼心狠手辣，毫無先兆就來一個突擊測驗。星期四的連課，他一進教室就説：「測驗。算分的。佔學年成績百分之十。」全班登時怨聲大發，慌亂非常。他見我們這模樣，又説：「你們平日不是埋怨我的習作太多嗎？數學不難，只要多做練習就好了。你們班是不會有問題的。」

我歎了一口氣。阿達平日常常掛在口邊的「煮到嚟就食」，忽然在我腦袋中回盪。我看看幾個「死黨」，人人都沒話。林仲宇早已準備就緒，拿好了紙筆，安靜坐着。阿源也一樣，好像什麼都沒發生似的。這大半年來他比誰都用功，每天一早回來，就坐在草地旁邊拼英文生詞，晚上也必做大量的數學習作。梁俊明更不用擔心了，他一向是數學天才，中三的卷子也難不倒他。只見他若無其事地把弄着原子筆，清脆利落地打了兩個呵欠。唯獨阿達一臉迷茫，不斷抓頭伸舌聳肩膊，看來他這一次「煮到嚟」也吃不下了。

三天之後，測驗卷在課堂上發下，一般同學的表現都不錯。梁俊明考得好是意料中事，他以幾乎滿分的成績排在最前面。我們替他高興，他卻好像一點開心的表情都沒有，我實在不知道世界上有什麼事可以叫他開心。接着的三數同學，都是班上的尖子，他們成績好，我們也不會感到意外……忽然，李 Sir 停了一下，很親切地笑了。他舉起手上的一張測驗卷，高聲叫我們猜猜那是誰的卷子。他又說：「第五條 Part B 全班只有兩個人會做。這位同學答對了。」我們聽了，很是好奇，但猜了幾個人都沒猜中。

忽然，陳頌恩用很小的聲音說：「我知道。這是廖國源的卷子。」

李 Sir 聽了，臉上展開燦爛的笑容，連早上還沒完全刮光的滿嘴鬍子，忽然都給那一排又亮又白的牙齒完全蕩開了。他親自走到阿源身邊，拍拍他的肩頭，才輕輕放下卷子。阿源的眼睛閃亮，他雖然垂着頭，但我知道他心裏一定好高興。我回頭看看梁俊明，這次，他竟也開心得打從心底裏笑出來了。他向阿源豎起 V 字勝利手勢。我當然明白，他正是征服第五條 Part B 的另一員猛將。

最叫我們幾個死黨快樂的，是阿源的理科頭腦漸漸開竅，成績已經慢慢追了上來，他可以跟我們一同升上中二了。

再度失蹤？

放學後，我們幾個到處找阿源，因為阿達説要為他舉行「慶祝大食會」。梁俊明半張着一隻眼睛説：「你再吃，就跑不動了。不怕輸給矮你一截的杜志衡嗎？」阿達踢他屁股，他很巧妙地避過了，幾乎讓阿達摔在地上。林仲宇坐在石梯級上，一直沒作聲，只是微笑。不知道為什麼，我開始在他的臉上看出一點點彭鋒的味道。我們等了好久，連阿源的影子都沒看見。

小麗和敏敏走過的時候，阿達叫住了她們。他一開口就問：「你們看見過阿源嗎？我們要給他開慶祝大食會呢。」

敏敏説：「真的？我也要去！可是，他到哪裏去了？教室裏沒看見他。」

「廁所裏也沒有。」阿達説:「幾個洗手間我都搜過了。」

林仲宇對小麗笑了一下：「你也來吧？」

「我當然來。可是，可是……主角失蹤了。他好像很喜歡失蹤這玩意兒呢。這時候，該到哪兒去找他？」

林仲宇説:「還沒想到嗎？梁俊明，你一定已經猜到了。」

梁俊明與林仲宇會心微笑，説：「走吧。」兩個人一説完就站起來，向着校門走去。

44

麥當勞

我們跟着梁俊明和林仲宇走到街上。他們倆胸有成竹地往前走，一直在小聲説笑，神神秘秘的。拐了彎，過了馬路，他們帶我們走進了學校附近的麥當勞。這正好，我已經差不多餓暈了。最近不知怎的，我一天到晚都感到肚子餓。才走到樓上，就看見阿源和陳頌恩坐在窗口的一張桌子前面，手上的漢堡包已經只剩下小半。

俊明説：「我們坐哪裏？」

阿達説：「當然坐這邊啦，過去做『電燈膽』嗎？」

小麗不同意：「不是來為阿源慶祝的嗎？我們自己吃多沒意思！」

林仲宇當然支持她：「對了，少見多怪！」

我們聽了，一窩蜂地擁了過去，卻見阿源在麥當勞的招牌墊紙後面寫畫着，原來他在教陳頌恩算那條難得要命的第五題 Part B。陳頌恩皺着眉，還是不大明白的樣子。阿源本來就不大會説話，看見我們來了，更忽然什麼都説不出來了。陳頌恩一臉通紅，結結巴巴地説：「他，我請他，他教我……」人家沒理會他們，嘻嘻哈哈就擠成一堆地坐下。梁俊明説：「哈，怎麼沒有人叫我教她呢，哈。」我們聽了轟然大笑。

45

我爸爸說

今天不用練跑，但我已習慣一早起牀，所以還是很早就回到學校裏到處走。阿源比我還早，一個人坐在操場邊的梯級上溫習。我走過去拍了他一下，把他嚇了一跳。我坐下一看，嘩，他的課本給螢光筆畫得花斑斑的，英文字的旁邊寫滿了中文解釋。我伸伸舌頭，靜靜冒了一身冷汗—陸運會快到了，陸運會過後，考試也不會遠了。

我問他：「每天晚上都溫習嗎？」

「那當然了。不光要溫習，還要先行查字典呢，要不然除了中文和中史兩科，我所有的課都聽不懂。我爸爸説，我要將勤補拙。」

「你還叫『拙』嗎？看你的數學多棒。」

他輕輕笑了，好像多笑一點，那點算數的聰明就會溜走似的。

「以我的小學成績，我根本就沒有資格在這樣的好學校讀書。我爸爸説，要不是他在這裏當校工，我一定進不來。」

「我爸爸説，英雄莫問出處。」我接道。

「我爸爸説，在前的會落後，落後的會上來，我們應該忘記過去的一切，努力面前，向着標竿直跑。」咦，是陳頌恩，她什麼時候回來了？她一直站在我們後面嗎？

「這話説得真不錯，不知道在什麼地方聽過。」我説。

「誰都知道這是《聖經》的話啊。你真的个知道嗎？」她好像很驚奇。

「對了，你爸爸果然是牧師！」我叫起來。

「誰説的？」她更驚訝。

「不是？不可能真的是神父吧？」我比她更莫名其妙，連阿源都定睛看着她，眼光充滿好奇。

「通通不對。我爸爸是修理汽車的工人。」

「啊？好奇怪，那為什麼你的名字叫頌恩？那不是信耶穌的人的名字嗎？而且，你確是我們當中最肯幫助人的，所以……」阿源也忍不住開口問了。

「這一次猜對了。我們一家都是基督徒。我的名字很普通，但那確是爸爸的意思。我爸爸説，我出生的時候，一家人都很開心。」

正説着，校門走進一個熟悉的人影。她本來走得很慢，但一看見我們，就舉起手來用勁地打招呼，並且向着我們大步跑過來……

46

嘉欣回來了

我們一看，你道是誰？是蔣嘉欣。啊，她長高了（校服裙子好短，一定給 prefects 抓去教訓），頭髮也長得多了，只是臉色蒼白，也瘦得厲害。不過，看來倒是很精神的，臉上的笑容好像多得盛不下。但不過才跑了那麼幾步，就不停地喘氣。我們向她揮手，還沒機會說話，她就給後面的人猛然拉住。是莊小麗。兩個人緊緊擁抱了一會，才肯放開。小麗笑得眼睛都不見了，她已經好久沒這樣盡情地笑過了。

嘉欣真的回來了。原來那一次班上發生偷竊事件後，她媽媽當天就託了人，讓她進了另一所學校。可她在那邊一直很不開心，更是三天兩天就生病。她媽媽帶她去看過許多醫生，他們都說她沒事。最後更帶她去看心理專家。他們說她適應不了新的學校，她媽媽只好回來請求我們的校長再錄取她。

「你們不是都說校長很嚴格、很怕人嗎？可是那天媽媽帶我回來，他一看見我，就皺了眉，摸摸我的頭，定睛看着我好一陣子，歎了一口氣，什麼都沒說就叫我媽媽帶我去辦手續。比起那邊的『大鼻』校長，他可親得多了。你們知道嗎，我第一天上學，新學校的校長就把我叫到她辦公室去，說我的英語不行，錄取我是勉為其難，又說我什麼樂器都不會。她要我通知媽媽馬上給我請家庭教師補習英語，而且要求我學吹那種很大很大的大號，因為她們樂團裏缺乏大號手。此外，她更提出每個星期由班長幫我做額外的英文默書。我每天做功課就做到十一點。還沒把測驗前的溫習算進去呢。」

「嘩！」我們都大叫起來。

「我進校才兩天，就遇上英國文學科的測驗……」

「英國文學？我們好像沒有這一科。」阿源說。

小麗問：「像不像我們的廣泛閱讀計劃？」

「絕對是兩回事。那是專門讀英文小說的，每學期要讀很長的幾本。要詳細讀的。那天測驗，我當然不會，因為我連那本書都沒看過，所以只拿到十三分。之後同學就把我看成怪物。後來我的歷史測驗拿了九十分，她們就一口咬定我是偷看的。最慘的是老師竟然相信了。」

我們真不敢相信自己的耳朵。嘉欣的歷史科一直是很棒的。

「難怪你這什麼瘦。」頌恩的眼睛裏滾動着淚水，莊小麗過去再擁抱着她，把頭埋在嘉欣的肩頭上。我常常很不滿女孩子們愛哭，但今天我竟然也有點失常，想流淚。小麗擁着嘉欣，雖然沒做聲，但我知道她很激動，因為她好像整個人都在顫抖。

「你回來了，但她卻走了。」她從口袋裏拿出一封信。

47

傷口

小麗拿出來的信，是寫在一張粉紅色暗碎花圖案的箋子上的，摺得很小，但很精緻。小麗放開了嘉欣，輕輕把信打開。我們把頭聚攏在一起，閱讀這封看起來寫得非常用心的信。

親愛的小麗：

我離開已經三天了。這個把月來，你很少跟我講話，一定還在生我的氣。不錯，我是偷了你們的錢，這在你們看來很不對，但是我一直不覺得自己有什麼錯。這個世界本來就是不公平、不公道的。你們都有爸爸媽媽，我只有媽媽；你們都豐衣足食，有零用錢買東西，我媽領的是綜援，每天買菜都一分一毫地算着。我認為自己只是用我能做到的方法，取回我應得的部分……

看到這裏，阿源高聲叫起來：「這就可以偷了嗎？簡直強詞奪理！」

陳頌恩輕輕推他一把：「你別吵。先把信看完，怎麼樣？」阿源這才勉強停下了來。我實在很少看見他這副激動的樣子。

……我偷了好多同學的錢，只是數目不大，大家都不知道。你失的最多，因為你對錢不大在意，所以一直沒發覺。你太看重感情了，將來是會讓男孩子欺負的。

這次輪到我光火了，「她這樣說，不是侮辱我們男孩子嗎？性別歧視！」

小麗把信箋翻到下一頁，示意我們繼續看。

……我拿了錢，用了錢，從來沒後悔過。直到嘉欣換了學校，小麗生病了，我才有點難過。那天晚上，嘉欣打電話給我，說她媽媽一直看着她，不讓她跟我聯絡，現在趁她上廁所才敢跟我說話。她很直接地問我事發後在班上是不是很難受，有沒有人看不起我。她又說很明白我的心情，因為在新學校也有好多人欺負她。

讀到這裏，我們都看看嘉欣，她卻仍然很專注，一雙大眼睛好像要把信箋上的字全吞進肚子裏似的。

正說着，她媽媽就在她身旁高聲責備她，說她還敢跟我聯絡。最後她更搶了話筒，開始罵我。她說我是敗類，要把她的女兒帶壞，還說我再打電話過去，就要報警。我說是嘉欣先打電話來的，她就罵得更兇了，叫我小賊，說我講的話她一句都不會相信，然後把電話掛上。那時候，我真的很難過。我第一次覺得對不起嘉欣，第一次覺得自己很醜陋。那天之後，我開始害怕上學。我怕你們其實也跟嘉欣的媽媽一樣看我。我很想改過，但不想留在這裏……

這時小麗用力瞪了我們一眼，好像怪我們把黃珍妮趕走一樣。真冤枉。

小麗，我媽媽用搬家為理由，拿了我上學期的成績表，到附近的一所學校給我報了名。那個學校看見我的成績就收了我，也沒詳細問。上學的第一天，連我也給嚇壞了。我的同學有很多是吸煙的，丟了錢的事天天都有。我個子小，一進教室就讓兩個女生推出門外，說我新到，要我交出錢包裏所有的錢，只給我留下十元做交通費，並且強迫我加入她們的組織……

這時大家都不作聲了。我只想到一個到處可見的廣告：「生命冇 take two」，小心第一步。

到了這時刻，我真的完全明白後悔的心情了。小麗，我真的很想念你們。我現在只有一個目標，就是有一天能夠跟你們再做同學、做朋友——在大學裏。為了這個目標，我一定會很努力的。請你告訴廖國源，整個中一乙班，我最佩服的就是他。……

讀到珍妮的簽名，大家都不知道該説什麼。頌恩故作輕鬆，扯開了話題：「想不到她的書法這樣漂亮，中文也寫得這樣流暢，比我的好多了。」

「很多新移民學生都是這樣出色的。」小麗説：「其實珍妮比我們大一點，不過她長了一張娃娃臉，我們看不出來罷了。她來香港的時候，本來已經小學畢業，來了因為不會英語，才重讀五年級。她能考進我們學校，也很不簡單了。你們不知道張 Sir 已經拿了她兩份讀書報告到外面參賽嗎？可惜就是拿了獎也沒用了。……」

「新移民……」阿源好像想説話，但又沒説。他看看我們，一個人拿了書走開。這時，上課的預備鈴聲響了。八時二十五分，球場上已經很熱。不知道為什麼，今天我一點不想打籃球，倒想聽一兩個笑話。

48

英雄救美

阿源沒來練跑！再兩星期就是陸運會了，他還躲懶？彭鋒看來不大高興呢。上課的時候，他再一次沒了影兒，中午還沒回來。要選失蹤大王的話，他一定當選。梁俊明也病了沒上學，真是百年難得一見的巧合。蔣嘉欣回來不到兩星期，已經胖了很多，但她和頌恩不知好歹，竟然說要去吃薄餅。我保證，二人必定在短時間內變成「超級大肥婆」。（我卻是得天獨厚的：我拚命地吃也只會長高，哈哈！你羨慕吧！）阿達好像是故意的，今天大清早就宣佈不與我吃午飯。剩下的林仲宇，本來說好一塊去吃魚蛋粉的，也突然給張 Sir 拉了去開班會。按照慣例，張 Sir 會請他和小麗他們吃快餐。那我豈不是……

正彷徨間，敏敏氣急敗壞地跑過來，一把拉着我的手，拔腿就跑。一面跑，一面說：「杜志衡，這一次你要救救我！」

我聽了嚇了一跳。剛好彭鋒在這時踏進了我們的教室。「救你？什麼事這麼嚴重？」

「唉，你來得正好。你問她好了。」我說。

敏敏看了彭鋒一眼，很害羞地站到我後面去。大概因為彭鋒的領袖生襟章太耀眼，她連頭都沒敢抬起來，只是結結巴巴地説：「她們知道他，他生日，故，故意先走了，學他留了個字條，就他一個人。」

我們看着她，弄不清楚她在説什麼。彭鋒笑了，讓大家先坐下來，才慢慢誘導她把話講好：「來，第一，誰生日了？」

「容，容達志。」

「啊，我明白了！」我叫道。

「喂，你先別吵。敏敏，現在告訴我，誰留了條子？」

「容達志和，和小麗她們。」

「字條是説什麼的？」彭鋒真了不起，相形之下，我太笨拙了。

「讓我跟，跟他吃午飯。小麗她們卻説要——先走，留下我一個人。」

「啊？那不是很好嗎？那為什麼要杜志衡救你？」

「我本來以為大家都去的，但是，她們……她們……自己跑掉了，是故意的！我上完洗手間，她們就不見了。」

「所以你拉着杜志衡？」

敏敏點點頭，用哀求的眼光看着我。彭鋒看了我一眼，一直在微笑。

「我才不去，阿達會跟我算帳的。」我高聲叫起來。

「好了，現在要問的是最重要的問題了。」彭鋒忽然變得很認真：「敏敏，你告訴我們：你願意單獨跟他吃午飯嗎？」

敏敏很用勁地搖頭。

彭鋒還是要問：「為什麼？因為害羞？」

「不是。其實因為我知道他在想什麼。我不願意他有這樣的想法。我們還這麼小。而且……」

彭鋒忽然站起來，説：「好，我明白了。我們三個一同去吧。」説完，就過來叫我。敏敏喜出望外，竟然高興得拍起手來。我可沒她這樣興奮，一會見到阿達，我不知道他的樣子會產生怎樣的可怕變化，只好一手抓了一枝剛買回來的走珠筆，放在褲袋裏（必要時可權充禮物），一拐一拐地跟在他們後面，準備第一個逃命。

49

午飯的滋味

為了救敏敏於水深火熱之中，我和彭鋒被逼吃了一頓很貴的午飯——這當然也因為我們要替阿達這小壽星付錢。

我們一踏進餐廳，阿達極度驚奇的樣子馬上出現在眼前。他想站起來，卻只站了一半，兩隻手按着「卡位」的桌子，嘴巴張得老大，似笑非笑，眼鏡上的反光遮不住了他睜得圓亮的眼睛。我跟着彭鋒和敏敏，心裏極不好受。敏敏為了不跟他坐，一個箭步搶了他對面的位子。彭鋒也馬上坐在他身邊，一手搭在他的肩頭上，很親切地說：「生日快樂！」阿達的表情很複雜，簡直不知是悲是喜。

敏敏顯得很緊張，有兩次連叉子都掉了，弄得碟子砰砰作響。過了一會，她偷偷在桌子下面遞給我一個包紮成禮物的小盒子，又用手肘碰碰我。我當然明白她的意思，只是那些花紙是粉紅色的，我才不要做送禮的人。於是我踢踢坐在對面的彭鋒，在桌子下把盒子傳了給他。

彭鋒靜了三秒，一直在笑，然後把禮物放到桌子上，對阿達說：「拆開看看。」阿達照着做了。他這人平日雖然粗心大意，但也無法不注意到這種禮物紙的「女性美」，皺眉想了一陣子，眼睛漸漸露出溫和的笑意。

禮物是一個粉紅色的小豬撲滿，非常可愛，一看就知道這是女孩子挑的東西。

飯吃完了，時間還有許多。敏敏忽然站起來，說要先走。阿達說：「我們也走了吧？」彭鋒卻按着他的手臂，對敏敏說：「好，你先走吧，我們回去才算錢。容達志，你別忙，我請你們吃紅豆冰。」

阿達正要爭取，敏敏已經離開了餐廳。

50

紅豆冰哥哥

「阿達，你也真夠勇氣，單獨約會女孩子啦？」彭鋒一面吃着紅豆冰，一面說。

「這你也管？我退隊好了。」阿達很不滿。

「你退了隊我還是要管。」

「你自己以前不是也有女朋友嗎？我們雖然是『Form one仔』，但你在中二下學期的『瘀』事，誰不知道？你有什麼資格管我？」我從來沒見過阿達這樣生氣。

「好吧，那你說，我那年發生了什麼事？」

「失戀了，對吧?!」阿達高叫起來。

「還有呢？」

「丟了起碼兩個科獎、三面田徑金牌，默書全部得零分，還逃學呢！後來更因為對訓導主任無禮給記了過，校長要見家長，全對了吧？」

「誰說的？」彭鋒依然鎮定非常。

「誰說的？凌Sir告訴我們的！況且你是學校裏的公眾人物，這些事誰不曉得？難道還有錯嗎？連杜志衡這麼糊塗的人也知道！」

氣得我！

彭鋒歎了一口氣：「我有說你講錯了嗎？」

「那你說，你有什麼資格管我？」

「沒有資格。我來，並不是因為我有資格。你幹嗎不細心想想：凌 Sir 把我這些事都告訴你們，是為了什麼？」

阿達聽了，好像迷迷糊糊地聽懂了什麼，這才止住了脾氣，身子輕輕往後挪。

我卻是完全不明白。雖然我一直認為自己的聰明才智比阿達好得多，但是一談到某些問題，我總是好像突然變笨了，真奇怪。為什麼阿達卻好像全都聽懂了？真的要一米六零才聽得懂嗎？

「算了吧，你才剛進中學呢。在你這個年紀搞這種事，只有兩種結局。」彭鋒說。

為了保持我在這裏的重要性，也為了滿足個人的好奇心，我急忙問道：「什麼結局？什麼結局？」

彭鋒打打我的頭，笑道：「小鬼，你也來給我聽着：不是失戀，就是失望。」

阿達嘆了一口氣，低聲説：「可我是真心的。」

「誰不是真心的？結果都一樣。我還沒弄懂的事，你們最好別碰。」他愈説愈是認真：「喜歡女孩子是可以的，喜歡就好了，要去玩，一幫人去，單獨約會太沒意思。」

阿達垂頭喪氣地站起來，要先走。我想叫住他，彭鋒卻示意我坐下。阿達的身影在大門消失了，杯子裏的紅豆冰只吃了一半。

我們兩人很久沒説話。忽然彭鋒説：

「我的三個心願，你還記得嗎？」

我點點頭。他這才笑了，從口袋裏掏出了兩條運動頭帶。「這是阿達的生日禮物，請你交給他。我剛才到你們教室去，本來就是去找他的。這一條送給你，因為我等着你完成我的第三個心願。」

51
探病

梁俊明缺課的第三天，我們才終於聽到他的消息，因為他家裏的電話上了密碼鎖。照說我們這樣要好，他應該先通知我們幾個的，但他住進了醫院的事，卻是張 Sir 在班上宣佈，我們才曉得的。大感冒，引起支氣管炎。聽說那天他實在病得厲害，卻不肯看醫生，只是老說沒事，後來一次上廁所時倒在地上。他祖父母害怕了，馬上打電話到上海去。他媽媽飛回來的時候，他已經燒得很厲害，體溫差不多攝氏四十一度。

一下課，我們幾個馬上合資乘計程車到醫院去看他。他躺在私家病房綠白色的軟牀上，樣子很恐怖，嘴唇的顏色白得像紙，平日大而明亮的眼睛周圍滾上了黯棕色的灰印；他人本來就很瘦，現在更瘦得只剩下骨頭，活像那些好久沒吃東西的饑民。敏敏和頌恩一看見他，眼睛就紅了，驚訝之情根本無法掩飾。嘉欣更是吃驚，可是她馬上向着俊明微笑，把那個由她一手製作、我們都簽了名的慰問卡拿出來。

我推了俊明一下，裝作很不高興地說：

「你也真夠朋友，『入廠』這麼嚴重的事，竟然不告訴我們。」

小麗一進病房就垂下了頭，不停地忙着。首先從書包裏拿出一個空牛奶瓶，把我們帶來的幾朵粉紅色的花插了進去，到洗手間加了水，又把瓶底用紙巾抹乾，放在牀頭旁邊的小櫃上，然後拿出一疊筆記，輕輕放到瓶子旁邊……好大串的動作！但她一直沒說話。接着，她逃命一樣又跑進了洗手間，關上了門，很久沒出來。

「你們真是小題大作，我已經退了燒，過兩天就出去了。下星期一定上學了，何必看花市一樣都跑來了。」俊明笑着說。

「我們好心來看你，你還說我們小題大作？你看小麗多難過！」嘉欣指指洗手間，又作勢要打他。我和頌恩附和着罵他：「活該！」

「喂，快大考了，你別老躺着，有精神就看看筆記。這都是小麗給你抄的。」林仲宇指指筆記，鄭重對他說。

「不是抄，是重寫一遍，小麗寫得乾乾淨淨才給你送來的。」敏敏說。

「哈哈，真好笑，人人都知道我平日是不抄筆記的，想不到病倒了，竟然來了這麼厚厚的一疊。而且，為什麼要抄？影印不就行了嗎？如果要討好我，用電腦打印一次才像話嘛。」梁俊明一如往常，滿口的風涼話。

林仲宇聽了，臉色一沉，走到窗子旁邊，再沒說話。頌恩、嘉欣和敏敏馬上七嘴八舌地罵俊明，三人吵吵嚷嚷的，在牀邊鬧起來。

到醫院探病實在是非常無聊的——如果你探望的病人已經好起來的話——阿源和阿達今天沒來，真是走運。

小麗從洗手間出來才一會，就和仲宇先走了，他們還要回到學校去幫張 Sir 做點班務。女孩子們不久也離開了，只剩下我和俊明兩個。

俊明爬下牀，拿起小麗的筆記，細心看了好一會兒，然後把它們收到櫃裏去。

「看來這個學期我可不能一點書都不讀了。看，這些筆記是由學期初的課程就抄起的……」他笑道。

「不會吧？你說笑嗎？」我真是再驚訝也沒有了。

「莊小麗人其實很好，是不是？」

我正要答話，兩個中年人走進了病房。我一看，就知道他們一定就是俊明的爸爸媽媽。俊明的爸爸長得很高，很瘦，臉形稍長，像極了俊明。俊明的眼睛也簡直和他媽媽的一模一樣，睫毛又長又黑，有點像中東人。

一息間，我忽然覺得俊明也許想單獨跟父母一起。我跟他們打過招呼，就對他說：

「喂，你絕對要快點好起來，記得吧？你還欠我一瓶維他奶。」俊明說過到了我比妹妹高的偉大時刻，他會請我喝維他奶。前兩天媽媽又拉着我們量體高，這一次，我終於超過了她！

「什麼，這麼快？你的最新讀數是……」

「失禮！我已經突破了一米五九，比我妹妹高半公分。你可不能躲在醫院，逃避履行這偉大承諾的責任。」

俊明的爸爸媽媽莫名其妙地看着我們說話，叔叔還說：「你們是不是要喝維他奶？我去買好了。」

我們連忙阻止他。我偷偷看他。但看來看去，這位叔叔總不像那些包二奶的阿伯。我向俊明揮揮手，離開了醫院。

52

喜事

因為俊明的病讓我們太擔心了，阿源為什麼請假，我們還沒時間心情問他，直到練跑時才有機會。起步時，他向我借那天的筆記。我這才記起那件事，說：

「你要五星級的筆記，可以問梁俊明借，他生病的時候，莊小麗給他抄了一份超級豪華的。你借來影印好了。對了，你根本沒病，幹嗎那天沒上學？」

阿源聽了，笑起來，笑得很開心的樣子。我注意到，阿源看來比上學期開學時健康多了，眼下的灰暗已經沒有了，人也長高了許多。他一面輕輕喘氣，一面放慢了腳步。

「我媽媽來了。爸爸帶我到深圳去接她。喂，什麼叫五星級筆記？」

「這還不容易！第一星：最齊全；第二星：最齊整；第三星：由『靚女』班長親自製作；第四：最有感情；第五—雖然不是為你製作的，卻最易借。」

他聽得莫名其妙，但彭鋒已經回頭瞪了我們一眼，神色分明是在責備我們聊天，阿源只好暫時不問了。

我也不敢做聲了，只暗暗為他高興：他媽媽終於來啦。

我貼着他跑，兩個人的腳步一同起落。不知道為什麼，我忽然覺得自己跟阿源的感情已經很深厚。阿源現在大概是我最好的朋友了，但，也是我最大的對手吧？

「是拿單程證來的？來定居？」我説着話，也開始有點喘氣了。

阿源點點頭，眼睛閃亮，身上的肌肉汗水晶瑩地反射着陽光。我感覺到，他正在迅速發育，愈來愈像隊裏的學長了。我實在替他和廖伯興奮。往後，阿源就可以少做一點家務，他的成績就更有保障了。

不遠的前面，彭鋒和幾個中三的學長平穩地邁着大步。對於我們來説，這是很大的引誘。

我們長跑隊有一個規矩，就是練跑時，低班的隊員不能超越前面的學長，得乖乖跟在後面跑。假使一定要越過任何高班的大哥哥，就不能讓任何人再追上來。給學長重新趕過的話，是要受重罰的。但是我忽然想起彭鋒的第三個心願，很想試一次，只是膽子不夠。我看看阿源，他忽然向我打了一個眼色。我馬上明白他的意思，就與他一同開始邁步加速。

「我媽說，她安頓好了，就請你們來吃飯……」說完這句話，他就專心往前跑。我們一下子就把阿達拋在後面，彭鋒他們的身影，反而漸漸接近了。

53

這些事

比起阿源，俊明的遭遇就差得多了。聽說他剛出院，就和媽媽搬到外婆的家去。他外公很有錢，住在太子道，離學校更近。他告訴我和林仲宇，他舅舅到外國定居去了，偌大的房間就給了他。現在他一個人擁有一列向山的大窗。他媽媽已經決定往後都與他住在一起，不會再到上海去了。

「媽媽回來了，不是很好嗎？阿源為這個不知有多高興！」我說。

林仲宇看我一眼，俊明卻輕輕笑了。他對林仲宇說：「你也不用介意了。杜志衡太幸福了，最大的不幸不過在發育之前長得比妹妹矮一丁點兒。他不明白這些事，我一點不覺得奇怪。」

「這是什麼意思？我真的弄不懂啊。」

林仲宇很認真地說：

「你還不懂嗎？俊明的媽媽回港，可能就是要來個了斷，跟他爸爸離婚了。」

「真的？那天看見他倆，不是好好的嗎？我覺得他們都很疼愛俊明啊。——唉，大人的事太難懂了。」

「我們的事也不好懂，是不是？」林仲宇對俊明說。

俊明看了林仲宇一眼，嘴角又再浮現那一抹愛理不理的微笑。我有很強烈的感覺，他們之間也發展出特別深厚的感情了。

54

午夜餐肉蛋麵

可能太早上牀，半夜醒來，我看看牀頭的鬧鐘，不過是深夜兩點。忽然聞到一陣陣香味——我雖然睡得糊糊塗塗的，但我馬上就認出那是即食麪，煎雞蛋和午餐肉的香味。我躡手躡足地走到大廳，發現媽媽還架着眼鏡在批改作業。她一面改，一面發牢騷：

「你看，大一學生竟然還犯這樣的語文錯誤。上一次把『四目交投』寫成『二人雙目都互相對視着對方』，我教他們寫四目交投。這一次交上來的作業竟然寫四目交『頭』，人頭的頭。」

廚房裏傳出爸爸的笑聲。

媽媽又說：「你會不會擔心孩子們進大學的時候，語文程度跟這些大學生一樣？」

爸爸從廚房拿出兩碗「雞蛋餐肉麪」，真的很香。只是我睏得要命—睡魔與「食神」一人拉住我的一隻手臂，正在用力拔河。

「……這太遙遠了吧？我們還沒把握把妹妹送到志衡的學校去啊。要是他們不肯錄取她，我們該怎麼辦？原來學校的中學部還會收容她嗎？」爸爸很擔心的樣子，一面放下筷子，一面問。

媽媽皺起眉頭：「大概不會了。你已經說明要走了。人家有名望的學校都是有點尊嚴的─除非我們上門去求，是不是？去年我們不是也得去懇求志衡的校長嗎？幸而他也是很明白的人。」

「不過你看，志衡今年成熟多了，學習的態度也進步了。我最喜歡他參加長跑，那種意志的訓練，哪兒都找不到。為他放下一點點面子，我認為很值得。」

「但如果妹妹真的考不上他們的學校，情況就很麻煩了。你知道她的數學表現多不穩定……」

「不過，要是她考上了，對志衡的心理威脅也真的是太大了。老師同學大概會不自覺就拿他倆比較，是不是？你可以想像，他比妹妹個子小，語文成績也比不上她。……來，先別想了，吃吧。還要改多少篇？」

媽媽檢查手上的作業，苦笑一下，喝了一口茶，說：「你先睡吧。」

55

爸爸吃着麪，眼皮已經垂了下來。

我重新爬到牀上，蓋上冷氣被子，半夢半醒之間，心裏出現了一點點掙扎。妹妹的影子在我眼前晃盪，穿着我們學校的淺藍色校服，不是也滿好看嗎？……

55

短釘跑鞋

距離陸運會就只有幾天了，阿達和阿源說要去旺角看跑鞋。彭鋒描述的那種專門用來跑中距離的短釘跑鞋，實在很難找，但是找到也沒用，我們來這兒，不過為了增廣見聞。吃了幾個麪包，我們就往運動專門店裏鑽。搜遍各大寶號的櫥窗，才終於找到了一雙——白色的鞋身，漸變的藍綠組合，柔和的線條，真漂亮啊！

「我只能看一看，想一想，我根本沒有錢買。」阿源嘆了一口氣。

「我只有二百塊不夠，根本沒可能。不過看看也好，開開眼界嘛。」看來阿達的處境也好不了多少。

「我有一百多元，是上星期我公公生日時給我的紅包。」我說。

「合起來夠不夠？」阿達問。

「當然不夠。從今天起省吃省用，也起碼要半年才買得起。」我說。

「但是，有沒有好的跑鞋，對一個千五公尺的選手來說，分別太大了。」

阿達的視線一直沒離開過那雙線條修長、海鷗一樣好看的鞋子，他兩眼閃亮：「我認為節衣縮食也是值得的！」

「節衣可以，縮食卻萬萬不可，長跑運動員需要大量熱能啊！」一個聲音在我們背後插進來。我們回頭一看，原來是彭鋒。他也來看跑鞋嗎？

「看跑鞋也是我的嗜好呢。」他好像一下子就看通了我的腦袋。

「真的？」我們很驚喜。

「找到目標了吧？」

「找到也沒用，我們買不起。下星期沒有釘鞋，會慢多少？」阿達問。

「那要看途程，更要看選手。其實，我有一雙，可以借給你們。丙組先比賽，你們跑完了，在終點把鞋子交還給我，還來得及。只是……」

「只是我們三個，都跑一千五百公尺，你可以借給誰？」阿源問。

彭鋒扁嘴攤手地做了一個很為難的表情。他看看阿達，看看阿源，又看看我。他不是希望我打破他丙組的紀錄嗎？那麼這雙鞋子的借用權，應該非我莫屬了吧？

56

預感

有一種心情，叫做放學心情。鈴聲一響，老師一走，我就是渴睡非常，或身體不舒服，也會馬上變得龍精虎猛，開心快活。可是陸運臨近，我漸漸有了一種很黏稠、很沉重的感覺，變得不想見人。我不想見小麗，不想見敏敏，不想見林仲宇，最不想見阿源和阿達。早上敏敏對我説，阿達想拿一千五百公尺的金牌，而且説自己一定做得到。敏敏很老實地對他説，她覺得我和阿源跑得比較快。阿達聽了很生氣，一直不再跟她説話。

平日下了課，我們幾個一定走在一塊，打打球，吃吃東西，可是今天我只想看到一個人。我想見彭鋒。我覺得只有他能夠明白我這時候的感受。我甚至有預感，我一定會看見他，他會來找我。

我背着大書包，不知怎的，竟又走到了上次的球鞋店。那雙藍綠配襯的白色短釘跑鞋，依然在櫥窗的白光中閃耀，看起來很高貴，像一雙會飛的水鳥。我知道，要是我真的能夠穿着這樣的專業跑鞋出賽，自信心會大大增強。

我其實也想過問爸爸可不可以買給我，但又知道鞋子太貴，而且我的腳板正在高速變大，每個月的尺碼都可能不同，開口要爸爸付錢買一雙只在比賽時穿幾分鐘的跑鞋，自己也不好意思。如果我的腳大定了，我一定會好好儲錢……

「果然在這裏。」

我回頭，真好，我想見的人就在背後！

「彭鋒！」

「着迷了？」

我點點頭，然後看着他。我等着他說會把鞋子借給我。可是他說：

「以你們的跑步經驗，在你們這個年紀，跑鞋不是最重要的。別在這待下去了，要不要到比賽的場地看看？」

「可是，你不是說要借給我們的嗎？」我站着不肯走。

「杜志衡，我已經決定了，鞋子我會借給另外一個人。來，打電話告訴家人，我倆去灣仔走一趟，黃昏就回家。」

57

老師怎麼了？

我有點氣。他不肯把鞋子借我，不就是説希望另一個人比我跑得好嗎？公共汽車上，我一直沒跟他説話。到了運動場，那邊一間學校的運動會剛散，場地恢復開放，人很少。

藍天下，看着田徑場紅色的橢圓形全天候跑道，我幾乎已經聽到了跑鞋着地時嗖嗖的響聲。這十條跑道組成的圈子，一個比一個大，像永遠不會消散的漣漪，給我一種很美的感覺。中間那一片青草地，是夢想的入口，帶着我們通向測驗考試以外的另一種奮鬥，另一種快樂，另一種長大的方法。我忽然發現，比起那些完全不了解運動的同學，自己是多麼的幸福。

正要去換衣服，彭鋒卻截住我：「你別忙，我們今天不跑。」

「啊？為什麼？不是要熟悉熟悉場地嗎？」我很驚奇。

「是要熟悉場地。我一星期自己來練習兩三次。今天不要練了，已經太接近比賽了。明年……我走後……你應該早一點來試跑。」

「那我們現在做什麼？」我賭氣地問。

「用你的眼睛，用你的想像力。想像你正在跑道上參加一千五百公尺的比賽。」

「這有用嗎？」我實在有點不高興。

「當然有用。你告訴我，假設你現在起步了，你會怎樣跑這三個半圈？」

「我……大概，大概會先留一點力氣。然後……然後大概、可能會在最後的六百，不、四百公尺……唉，我從來沒跑過，不知道。」

彭鋒高聲笑起來，很親切地看着我。我忽然明白他帶我到這兒來的目的了。不但如此，我還感受到他對我的感情很特別。雖然我不明白他為何把鞋子借給別人，但此刻我知道，我已經是他心目中的金牌選手。

天陰下來了，看來要下雨了。彭鋒用了許多時間教我掌握跑千五的竅門。然後他說我們該回家了。走向出口的時候，我眼角處模模糊糊地出現了一個淒涼的景象——

陰暗的看台上，一動不動地坐着一個孤獨的人影。我好奇地抬頭。喏，那不是凌 Sir 嗎？正要往上跑，彭鋒有力的手已經緊緊握着我的右腕，叫我動彈不得：

「小朋友，少管閒事。我們走吧。」

「看見老師也不招呼嗎？」

「傻孩子。你就不能給他一點空間嗎？他失戀了。他這一個月來，下了課都跑到這兒，就這樣坐在那邊。我每次來都看見他。你現在大概不懂，將來一定會明白的。」

「難道 Miss Lam 她……」

他一言不發，用勁把我拉到車站。

58

真英雄

星期四了，因為明天就是陸運會，今天的體育課，我們都以為必定會輕鬆一點。誰料凌 Sir 照常給我們上手球課。我靜靜觀察他，可是他一點異樣都沒有。他像個失戀的人嗎？電視上失戀的人，無論平日多麼英明，一旦出了事，必定瘋狂喝酒吸煙，下巴長滿鬍子渣，掛着一雙大大的黑眼圈……但是凌 Sir 雖然瘦一點，精神卻還好，嗓子還是一樣雄壯，腳步還是一樣爽快、誰都追不上。

如果這事發生在幾個月前，我一定會第一時間通知所有人，告訴他們凌 Sir 跟 Miss Lam 吹了。可是今天我卻根本不想提起這事。彭鋒的成熟，凌 Sir 的堅強，實在叫我大開眼界。我已經不想再做那些大驚小怪的小孩子了。

體育課照常，中文課卻意外地沒上。張 Sir 説要做點班務。他發給我們每人一張表格，説是模範生選舉的選票。我們讀小學的時候，模範生都是老師主任校長欽定的，有時候結果叫人很氣憤。這裏卻多了這麼一個不記名同學投票的環節，也真好玩。

我在這簡單表格上只看見一欄。張 Sir 説，每人只能填寫一個名字。他很強調：「要憑良心選出各方面表現都好的同學，不可馬虎，更不可以賣人情。」

我拿着筆，第一個想到的自然是彭鋒。當然，他是中四的學長，我只能選自己班上的同學，但我還是覺得，模範生就是他那個模樣的。然後我想到林仲宇。品學兼優，有領導才能，這榮譽非他莫屬了吧？可是我忽然也記起了陳頌恩——她一年以來靜靜為阿源做的事，雖然只有幾個人知道，但那種無私的愛心，實在叫我敬佩萬分，她當然也有資格。對了，阿源！這個學期的進步獎，已經是他的囊中物了吧？他那種奮鬥的意志，是十分驚人的，換了是我，在他的處境，一定沒法應付。當然還有小麗，我再沒看見過比她更率真自然、對人更有感情的同學了。……

「杜志衡，你怎麼還沒填好？就一個名字罷了。我在等你啊。」張 Sir 已經走到我前面來。我只好飛快寫下了三個中文字。

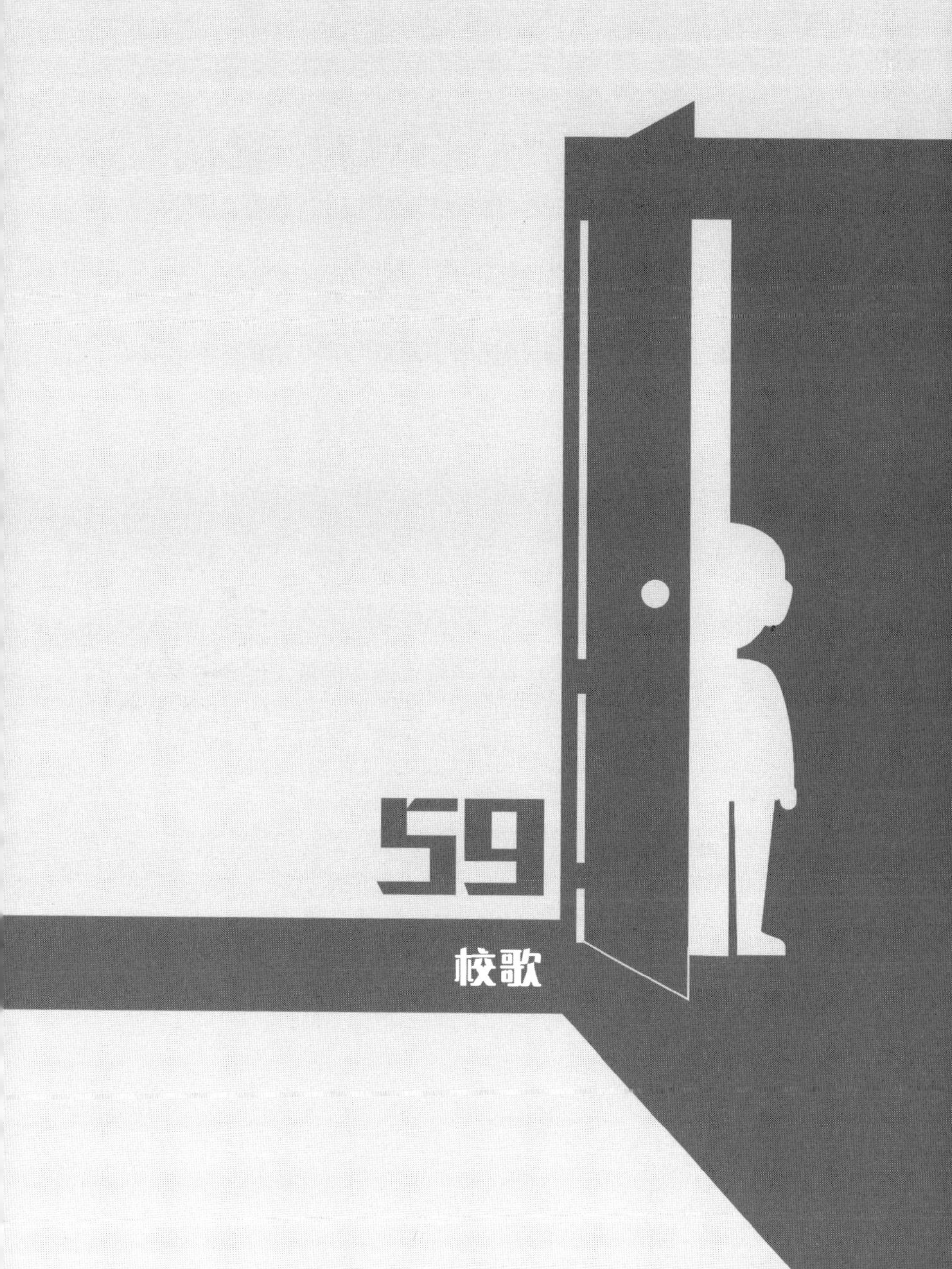
59
校歌

五月四日，初夏難得的大晴天，是我第一次參加陸運會的日子。我們班因為校隊隊員特別多，所以人人都格外興奮。連敏敏都參加了一百公尺的賽跑呢。

開始了，我校一千同學站滿了運動場的彩色看台，一同唱校歌。

類似的情形，去年秋天在游泳池旁邊也出現過。那時候我連校歌的歌詞都看不明白，更別説要背誦出來了。記得那天我學着人家胡亂做口形，一面到處張望，消磨時間，忽然看到看台右邊幾個中年人也站得直直的，很投入地在唱。後來我才知道他們是七十年代畢業的舊生，是回來參加接力比賽的。

今天我開始明白他們的心情了，校歌的歌詞，我也日漸熟悉。這首歌給我的感受已大大改變了：變得更有意思、更真實，也變得與我也更有關係。所以當鋼琴的前奏響起，我心中也同時升起了美麗的歌詞：

May Knowledge from our works increase,

And serve the world, and spread the Light.

Be ours to share an active peace,

Among ourselves first learnt aright.

And from this school let this be shone,

'Twas mine, but was not mine alone.

（故事完）

後話

我知道你是帶着許多問題看完這個故事的。比如說你會問：你妹妹考得上你們的學校嗎？彭鋒破了乙組的紀錄沒有？他的跑鞋借了給誰？誰贏了丙組的一千五百公尺比賽？你們的校隊後來升上了第一組沒有？阿源成績如何？……

有一些我會回答。有一些我不會。一些你沒問的，我卻可能借着這個機會交代一下。

我們班的模範生是林仲宇，這你一定已經猜到了。我選的卻是陳頌恩。

彭鋒的跑鞋借了給容達志。原因我不說，你自己想想。

妹妹是不是考上了我們的學校？考上了。她開學的時候，我比她高三公分。維他奶我已經喝了。我的夢想還是一米八四。不過，我現在覺得身高已經不那麼重要了。

至於陸運會的賽果，我就送你四個字：非常合理。你滿意嗎？

彭鋒臨行，送給學校一個男子乙組八百公尺的新紀錄，並把我們的長跑隊帶進了校際越野賽第一組的比賽場地。

阿源，阿達，慢慢開朗起來的梁俊明，連任班長的林仲宇，信耶穌的陳頌恩，重新加入了排球隊的莊小麗，拿了歷史科科獎的蔣嘉欣和愛哭的敏敏，還有在另外一間學校考第一的黃珍妮都向你問好。

你好嗎？

寫作筆記

構思

這本書的構思，始於兩年前。那時我的大兒子正準備升中，而他的妹妹也快要升上六年級了。這兩個正處於童年邊緣的孩子和他們的同齡好友、同學，開始給我一種非常有趣的感覺。他們的想法、言談、愛好和相處的方法，都叫我很神往。跟他們説笑、聊天，甚至理論，都是很好玩的。

我對突破出版社的編輯朋友説，我希望能趁着孩子逐漸進入少年時期的這一段日子，把他們的生活面貌記錄下來。突破的反應很好，他們鼓勵我動筆寫作。因為工作太忙，我終於能夠開始的時候，我的大兒子已經在讀中二了，女兒也進了他的學校念中一。雖然晚了動筆，但我不覺得這有什麼不好，反而感到這也是天父的恩典。孩子每天從學校帶回來的生活片段，叫我在寫作的過程中題材無缺，小節豐富。

故事

這個故事是假的，也是真的。假的是人物情節，真的也是人物情節。故事中的少年都是我根據孩子同學的基本形象，通過聯想、改造和典型化而創作的。有時候一個孩子的性情由兩個真人的性格組合而成，有時候我只抓住一個真人特點加以發揮，有時是純粹根據他們的外形想像出來的。因此，我女兒讀這本書的初稿時，常常問我這個角色代表了她的哪一個同學，我説這是沒法回答的傻問題。

我寫的是一間成績不錯的男女中學。這學校的同學比較單純，大多來自官立小學，家境普通，可以説頗有代表性。這不是一所極有名氣的貴族學校，卻是很有風格、給孩子們提供很多成長機會的好學校。

我不寫那些更有戲劇性的所謂邊緣少年，並不因為我不知道他們的問題和需要。我是教師，當然明白到我書中的精英少年只屬少數。但是我覺得傳媒對前者的刻畫、渲染已經夠多了。我們的下一代，也不盡是游手好閒、「high 天」吸毒的流浪小羊。我希望這個故事裏的人物，能夠喚醒一些正面的思考，提供可能的精神出路，並表達我對少年人的期望。

為了讓故事發展的步伐更有秩序，我把學校活動的時間表調動了。比如説，一般學校的陸運會都在秋天舉行；初夏天氣不穩定，不適宜搞大型比賽，但因為我希望把這個比賽放到故事的後面，就把賽期改到五月來了。同樣，校際越野賽一般在初冬舉行，我也把它改到了學年最後，希望少年讀者對這樣的安排不會感到耿耿於懷。

人物

書中的老師，只是配角。我的主角是一羣十幾歲的初中學生。我沒有花很多筆墨去描寫老師，並不是因為他們不重要，而是因為想好好強調孩子們互相教育的可能性。教體育的凌老師的出場機會多一點，可是我也完全沒有描寫過他的性格。我只希望通過他一次沒有結果的戀愛告訴孩子們：即使是成年人，即使是為人師表的、強壯的凌 Sir，也有面對感情挫折的時候。

故事談到的種種社會問題，比如外語教學、學童自殺、盜竊、換學校、出國、單戀、失戀、爸爸有了外遇、父母離婚……都是比較敏感的話題。我希望孩子們能夠在閱讀的過程中，領悟得到這些少年人在面對困難時那不屈的勇氣、堅毅的意志、充沛的感情和他們之間牢固的友誼。

在寫作的過程中，我也嘗試塑造每個孩子的性格。敍述者杜志衡是個好玩鬧，愛運動，也比較單純的少年。他的家庭比同學的幸福。當大家的父母不是分開兩地生活，就是鬧離婚的時候，他的爸爸媽媽卻是很親愛的，就是工作到深夜也互相鼓勵扶持（〈午夜餐肉蛋麪〉）。

容達志是個很感性的孩子。他發育較早（他上中一的時候已經一米六五），很小就有了男女感情的需要，但心志還未成熟，衝動的性格也因此突顯了。

梁俊明在眾同學中最聰明，是個資優少年，但由於家庭破裂，對人生的看法偏向悲觀，心中的哀傷無法宣泄、變成苦毒，所以對人的態度總是冷漠輕佻的。但畢竟他還是一個有智慧的孩子，最後終為同學的性情感染，慢慢開朗起來。

陳頌恩來自基督教家庭，對弱者有同情心。她無私的愛心把一個瀕臨崩潰的同學的自信心挽救了。但她一直保持低調，扮演幕後鼓勵者的角色。最後杜志衡選她為模範生，表達了作者對這個小女孩的高度肯定。

莊小麗的塑造，也基於我對新一代某些性格的反感與反省。和現代許多自我中心的少年人不一樣，小麗是特別勇於承擔羣體責任的孩子。不過因為感情豐富，她也很容易受到傷害，需要好朋友的扶持。

如果説梁俊明的優點是聰明，那麼廖國源的長處就是堅持、專心和用功。他那種正直不阿、心無旁鶩、認定目標就勇往直前的性格，在今日的少年人之中，也是很難得的。

和梁俊明的 IQ 匹敵的，是林仲宇的 EI（又稱 EQ）。他鎮定成熟，對人關懷備至，處事恰當，臨危不亂，而且有領導才能，是故事中的指標人物。跟他一樣文武全才的，是長跑隊的隊長彭鋒。從問題少年成長過來的彭鋒比他更傳奇，因為他幾乎具備了前二者的優點。這位中四的學長所代表的，是自律、自信，愛人、自愛的高尚情操，在書中的角色是一個讓後進追隨的目標。

我在塑造這些人物的過程中，也對他們產生了強烈的感情，這大概是我在寫作時最大的享受、最大的酬報了。

語文運用

這本書基本上是用書面語寫的，但許多地方也出現了中英夾雜，或把粵語名詞放到普通話結構中的情況。比如說，我把張老師寫成了「張 Sir」，林老師寫成了「Miss Lam」，有時故意用「Form one 仔」而不用中一同學，用「嫲嫲」而不用「奶奶」，是為了要保持一些本地學生的語言特色。除了名詞，我儘量用現代漢語而少用方言。此外，我儘量以平易自然的白話行文，希望少年讀者不會在享受閱讀的過程中，為語文困難所干擾。

信息

我認為所有的文學創作都帶有信息，這本書當然不會例外。具體的內容，我不打算在這裏列點細述。但我要說，我是一個相信並希望踐行絕對真理的基督徒寫作人，我的作品不可能是完全沒有題旨的。我相信作品的好壞不在於其是否載道，乃在乎這個道載得清不清，穩不穩；會不會以文害意，或者是有義無文。當然，我的能力有限，如果我不能把自己的心情和思想，通過有血有肉的少年生活向你展示，請你以讀者的寬厚待我，並把你的意見告訴我，為我開拓進步的空間。

邀請

在此，我向所有的讀者發出最誠摯的邀請。請你寫信或發電郵給我（地址：香港沙田亞公角山路 33 號突破青年村出版部 / 郵址：wuyinching@gmail.com），談談你讀這本書時心中生起的任何感受。我會很感謝你。

胡燕青

一九九七年夏